어른을 위한 햇살 동화

보물이네

보물이네

초판 1쇄 인쇄	2015년 01월 05일
초판 1쇄 발행	2015년 01월 12일

지은이	여름홍시		
펴낸이	손 형 국		
펴낸곳	(주)북랩		
편집인	선일영	편집	이소현, 김진주, 이탄석, 김아름
디자인	이현수, 김루리	제작	박기성, 황동현, 구성우
마케팅	김회란, 이희정		
출판등록	2004. 12. 1(제2012-000051호)		
주소	서울시 금천구 가산디지털 1로 168, 우림라이온스밸리 B동 B113, 114호		
홈페이지	www.book.co.kr		
전화번호	(02)2026-5777	팩스	(02)2026-5747

ISBN   979-11-5585-432-7 03810(종이책)   979-11-5585-433-4 05810(전자책)

이 도서의 국립중앙도서관 출판예정도서목록(CIP)은 서지정보유통지원시스템 홈페이지(http://seoji.nl.go.kr)와
국가자료공동목록시스템(http://www.nl.go.kr/kolisnet)에서 이용하실 수 있습니다.
(CIP제어번호 : CIP2015000787)

어른을 위한 햇살 동화

보물이네

글그림 **여름홍시**

북랩 book Lab

차 례

향기는 눈에 보여

"엄마, 향기는 왜 눈에 보이지 않아아?"
보물이가 빨래를 개는 내게서, 햇빛 냄새를 맡은 모양이다.

"글쎄에? 보물이는 어떤 것 같은데? 왜 보이지 않는 것 같아?"

내가 웃으며 묻자,
보물이는 머리를 갸우뚱하며 고민을 하기 시작했다.

늘 생각이 많은 우리 보물이.

또래 아이들도 우리 보물이처럼 생각이 많을까?
나는 머릿속이 복잡한 보물이가 걱정된 나머지,
보물이와 함께 가정의학과를 방문해볼까 하는 생각을 했었다.

하지만 남편은

'보물이는 세상 문을, 이제서야 열기 시작한 것뿐이야.'라며,
사람 좋은 얼굴로 나를 달래고는 한다.

사람은 왜 물 속에서 숨 쉬지 못해?
나무는 왜 걸을 수 없어?
동물은 왜 말할 수 없어?

보물이의 세상 문 앞에는 얼마나 많은 것들이 줄을 서 있는 걸까.

출근 버스 안의 사람들처럼,
문이 열리면 쉴 새 없이 쏟아져 나오는 걸까?

나는 빨래를 개다 말고, 어느덧 보물이처럼 생각에 잠긴 내 모습에
깜짝 놀라고 말았다.

그 모습을 남편이 봤다면,
영락없는 모녀지간이라고 놀렸을지도 모르겠다는 생각에
웃음이 나왔다.

내가 이렇게 혼자 '보물이 놀이'를 하고 있는 사이,
대답을 찾았는지 내 팔을 잡고 흔드는 우리 보물이.

"엄마! 엄마아!
있잖아, 향기는 보물 같은 거야!
마음속에 있는 보석처럼,

눈에 보이면 모두들 빼앗으려 할 테니까,
눈에는 보이지 않는 걸 꺼야!
향기는 눈에 보이지 않아아!"

자기가 한 대답이 만족스러운지 잔뜩 신나 있는 보물이를 보며,
어느새 내 눈에는 재잘거리는 예쁜 향기가 한가득.

예쁜 향기에 걱정은 온데간데없이,
나는 보물이의 귀에 들릴 듯 말 듯 조용히 속삭였다.

'엄마 눈에는 보이는데…!'

아내의 반성문

퇴근을 하고 돌아오니 보물이의 얼굴은 뾰로통하고
아내는 식탁에 앉아서 뭔가를 열심히 적고 있었다.

평소에는 소란스럽게 나를 반기는 보물이와 아내가,
오늘은 너무 조용한 것이 멋쩍어,
나는 크게 소리 내어 인사를 했다.

"여보, 나 왔소."

그런데 아내는 거의 다 되어 간다며 바쁘게 대답했고,

나는 무슨 이유가 있겠지 싶어서 달리 물어보지 않고
보물이 앞에 앉아 눈을 맞췄다.

"아빠, 다녀오셨습니다."

눈이 잔뜩 부은 보물이를 재미있게 해주려고 한
(못난이) 꽃받침 인사가 통한 건지,

보물이는 금세 웃음이 차오르는 눈이 되어
"아빠, 다녀오셨어요?"라고 말하는데,

어쩐지 아랫니 하나가 보이지 않았다.

나는 오늘 우리 집 분위기가 이상했던 이유가
보물이의 빠진 이 덕분이라는 것을 뒤늦게 알게 되었다.

보물이가 흔들리는 이에 실을 묶고 겁이 나서 망설이는 것을
아내가 보다 못해 실을 풀어준다며 속여,

보물이의 이를 당겼다고 한다.

보물이는 엉엉 울며 쉽게 울음을 멈추지 못했는데
이가 빠져서 놀라고 아픈 것보다도

엄마가 보물이에게 거짓말을 했기 때문이었다.

아내는 보물이가 잘못을 할 때마다 반성문을 쓰게 했지만,
오늘은 그 반성문을 아내가 쓰고 있는 중이었다.

나는 반성문을 쓰는 아내를 모습을 보고는 기분이 좋았다.

나이가 많고 적음에 상관 없이,
잘못을 사과하는 아내가 자랑스럽기도 했고,

엄마, 아빠의 잘못을
보물이를 통해 배울 수 있어서 감사하기도 했다.

아직은 뿔이 조금 덜 풀린 보물이와 손이 바쁜 아내지만,
멋쩍었던 내 마음은 어느새 빙그레.

'아, 우리 집은 평화롭구나.'라는 생각이 들었다.

꿈을 꾸는 나비

요새 우리 보물이는
방과 후 활동으로 학교에서 돌아오는 시간이 늦다.

학교에서 얼마나 재미있는 시간을 보내고 오는 건지,

집에 와서도 쉴 새 없이 재잘거리는
보물이의 이야기를 들어주다 보면,

나는 어느새 우리 집의 시들시들해진
토마토 나무처럼 되어버리고는 한다.

내가 어렸을 적의 방과 후 활동은 환경미화 정도로,

학교에 있기보다는
빨리 집에 가고 싶어 했던 기억만 남아있었기 때문에

그런 보물이가 조금은 부럽기도 했다.

꿈꾸는 만큼 성장한다는 아이들이
더 많은 꿈을 꿀 수 있게 된 것처럼,

우리 보물이도 성장하고 있을까.

한 가지를 꾸준히 하지 못하고
매주 다른 것을 배워오는 우리 보물이는,

어떤 꿈을 꿔야 할지 매일 고민하는 건지도 모르겠다.

어제까지 꽃꽂이를 했던 보물이는 오늘 테니스 배우고 왔는데

선수에 심판까지 했다며 신나서 이야기를 하더니,
꾸벅꾸벅 고새 담요 한 장을 덮고서는 꿈나라다.

온 집안이 조용해진 보물이의 모습은
언뜻 보면 나비잠 같은 귀여운 모습이지만

이따금 양팔을 버둥대는 모습이
꿈에서 엉거주춤 테니스를 치는 것 같아 보였다.

오늘, 보물이의 옆자리는
어젯밤 술을 마시고 늦은 아빠에게 양보해야겠다.

타임머신

오늘 집에 돌아오는 지하철에서
옆자리에 앉은 여학생들의 수다를 들으며 오게 되었다.

학교에서 하루 종일 공부를 하고 힘들만도 한데
무엇이 그렇게 재미있는 건지

연신 싱글벙글한 아이들의 모습에,
나까지 웃음이 났다.

그 중 유난히 재잘거리는 학생을 보다가, 문득…

'우리 보물이도 언젠가는 이 자리에 있겠지.'라는 생각이 들어
마음 한구석이 지잉- 해왔다.

아이들의 시간은 어른이 느끼기에는 너무 빠르다.

'언젠가'라는 생각만으로 코끝이 아려오는 나는,
어느새 아빠가 된 걸까.

얼마 전까지만 해도 남자아이 같이 씩씩하기만 하던 보물이가

인형의 머리를 빗어 주고 만화 속의 공주님을 따라 하며,
여자아이의 모습이 되어가는 것이 그렇게 신기할 수가 없다.

내가 아빠가 된 순간처럼,

우리 보물이도 어느 순간 엄마가 되어
나와 같은 생각을 하는 날이 오겠지.

지하철에서 내리며 아이들을 돌아보고,
나는 마음속으로 인사를 했다.

'안녕, 미래의 보물아.'

호기심과 면도기

장을 보러 다녀왔더니, 보물이의 분위기가 이상하게 차분했다.

평소 같으면 왜 이렇게 늦었느냐며
코알라처럼 달라붙어서 떨어지지 않을 텐데,

오늘은 "엄마, 다녀오셨어요?"라고 말하고는
조용히 제 방으로 들어가 버렸다.

요새 아이들의 사춘기는 갑작스럽게 찾아오는 건지,

시장에 다녀오기 전·후가 다른 보물이의 모습이 조심스러워져서
무슨 일이 있었는지 물어보지 못하고 남편이 오기를 기다렸다.

하지만 보물이는 곧 퇴근한 아빠에게도,
아까와 같은 인사를 하고는 제 방으로 쏘옥 들어가 버렸다.

남편은 내가 저녁을 준비하는 사이에

저녁을 안 먹겠다는 보물이를
한 숟가락만 먹자고 억지로 식탁에 앉혀놓고는,

"보물이 오늘 무슨 일 있었니?"라고 태연스레 물어보았다.

보물이는 "아니이…"라는 대답만 하고 조용했는데,
나는 보물이가 혹시 열이 있나 싶어서 이마를 짚어 보았다.

그 순간 보물이가 깜짝 놀라며 몸을 움츠렸고,
덩달아 놀란 나는 보물이에게 어디가 아픈지 물어봤다.

"왜 보물아? 어디 아파? 어디 아파서 그래?"

"아, 아니…"

말을 더듬는 보물이와 동시에 '하하하' 하고 웃음이 터진 남편.

보물이는 이마를 두 손으로 가린 채 울상이고,
남편은 웃는 얼굴인 채로 나에게 고개를 돌리고서는
자기의 눈썹을 매만졌다.

나는 고개를 갸우뚱하며 보물이의 손을 내려 보았는데,
눈썹은 온데간데없고, 보물이는 눈에는 눈물이 그렁그렁했다.

한참을 머뭇거리다가 입을 연 보물이는,
엄마가 시장에 가고 없는 사이에
평소 눈여겨보던 아빠의 전기면도기로 장난을 했었다고 한다.

수염 대신에 눈썹을 살짝만,
살짝만 대보았는데 눈 깜짝할 사이에 사라진 눈썹.

엄마 아빠에게 혼날까 봐 앞머리를 내리고
얼굴을 움직이지 않았는데,

눈치 없는 엄마에게 그리고 눈이 좋은 아빠에게 들통이 난 것이었다.

남편은 울기 시작하는 보물이를 달래어 재우고는
웃는 얼굴로 나에게 물었다.

"이제 어떡하지?"
"어떡하긴, 그려야지."

못 말리는 보물이의 첫 화장은 이렇게 시작되었다.

왕자님의 입맞춤

점심을 먹은 후에 자꾸 눈이 감겨서 커피를 내리고 있는데,

옆에 있던 보물이가 내 팔을 흔들며
"아빠, 커피는 무슨 맛이야?"라고 물었다.

아내와 달리 말솜씨가 좋지 못한 나는
"커피맛이지."라고 대답을 했고

보물이는 기대했던 대답과 달랐는지
그게 뭐냐며 입술을 쭈욱 내밀었다.

얼마 전부터 커피에 대해서 흥미를 갖기 시작한 보물이는
내 대답에 실망해서 한참을 토라져 있다가,

머리에 떠오르는 물음표를 막을 수 없었는지

결국 평소처럼 재잘거리기 시작했다.

"아빠, 아빠아. 나는 커피가 무슨 맛인지 너무 궁금해.
고소한 밥 냄새도 나고, 엄마가 쓰는 화장품 냄새도 나고,
흙냄새도 난단 말이야."

"그럼, 조금 마셔볼래?"

한 모금만 마시면
우리 보물이가 상상하는 모든 것을 다 맞춰볼 수 있겠지만,

어린아이가 커피를 마시면 영영 잠들지 못한다는 아내의 말 때문에
보물이는 똥 마려운 강아지처럼 안절부절못했다.

"싫어! 나는 눈 크게 뜬 마녀 말고,
예쁜 백설공주가 되고 싶단 말이야!"

하지만 대답과는 다르게
마셔 보고 싶다는 얼굴을 잔뜩 하고 있는 보물이를 보니,
나는 웃음이 나왔다.

"괜찮아, 보물아. 우리 보물이는 마녀가 아니라 공주님인 걸."

보물이는 공주님이라는 말에 기분이 좋아졌는지
금세 환해진 얼굴로,

"정마알? 그럼 조금만 마셔볼래!
왕자님의 입맞춤 맛이 날지도 몰라아!" 하고는
엎드려 자는 척을 했다.

나는 백설공주를 연기하는 보물이에게 괜히 장난이 치고 싶어졌다.

내려 놓은 커피 대신에 달콤한 코코아를 타주려는 생각으로
찬장을 살펴보는데,
어어… 그 사이 내가 따라 놓은 커피가 보이지를 않았다.

주변을 둘러보니 보물이는 거실에 앉아서
내 커피를 홀짝홀짝 마시고 있었고,
나는 뒤쪽으로 살금살금 걸어가 보물이의 볼을 쭈욱 잡아 당겼다.

"고새를 못 기다리고, 아빠 커피를 마셨어?"

그런데, 평소에 볼을 당기는 걸 좋아하지 않는 보물이가
웬일로 조용히 말한다.

"아빠 있잖아…
나, 심장이 두근거리는 게 꼭 바이킹 타는 것 같아…"

"응? 우리 보물이는 바이킹 탄 적이 없는데…?"

"그럼 비행기!"

보물이는 재빨리 눈을 맞추고는, 팔을 벌려 뛰어다녔다.

나 때문에 놀랐나 하고 걱정했던 것과는 달리,
처음 맛보는 커피의 카페인이 보물이의 마음을 붕 뜨게 한 것 같았다.

마침 모자란 설탕을 사온 아내가 나를 보고 물었다.

"보물이는 뭐가 저렇게 신났어?"

나는 짐짓 모른 체, 고개를 쓰윽 내밀며 대답했다.

"글쎄에? 왕자님의 키스라도 받았나 보지."

못나지만 예쁘다

"아이구, 얘들아, 한 군데 가만히 앉아서 만들어야지!"

소리를 지르며 뛰어다니는 아이들 덕분에,
우리 집의 명절은 늘 정신이 없다.

매번 아이들과 씨름을 하느라 고생한 어른들이

이번 추석에는 일을 조금 편하게 해보려고
아이들을 앉혀 송편을 빚게 했다.

그런데 아이들은 좀처럼 참지 못하고
그새 엉덩이가 들썩들썩한 모양이었다.

아이들을 혼내서 조용한 것도 잠깐뿐,
이를 곁에서 보시던 할머니가 넌지시 말씀하셨다.

"어디, 누가 가장 예쁘게 빚나 볼까아?
송편을 예쁘게 빚으면, 나중에 결혼해서 예쁜 아기를 낳거든."

예쁘다는 이야기에 귀가 쫑긋한 여자 아이들이
할머니의 말씀에 먼저 관심을 가졌고,

재미있게도 남자 아이들 역시
같이 떠들던 친구들을 따라 나란히 송편을 빚기 시작했다.

할머니는 작은 손을 오물조물* 움직이는 아이들을
흐뭇하게 바라보시다가,

보물이가 빚은 송편을 보고는 "보물이가 빚은 송편이 제일 못났구나.
나중에 보물이 아기도 송편처럼 못나겠다!"라고 말씀하시며 웃으셨다.

그 말에 마음이 상한 보물이는 울상이 되더니,
이내 울음을 터트리고 말았다.

아이들의 마음에는 유리 같이 깨지기 쉬운 예민한 부분이 있는데,
보물이의 경우에는 그게 외모였다.

"엉엉, 나도 예쁜 아기를 갖고 싶단 말야.
나처럼 못난 아기는 싫단 말야!"

---

* '오물조물'의 바른 표현은 '조물조물'입니다!
조물조물: 작은 손놀림으로 자꾸 주물러 만지작거리는 모양.

어린 아이의 말에 어른들은 웃음이 터졌지만, 나는 웃을 수가 없었다.

어른이 아이를 이해하는 방식은,
아이에게 상처를 줄 때가 많기 때문이다.

날 유난히 닮은 보물이.

앳된 모습이 지워질수록 예쁜 엄마를 닮아가겠지만,
지금의 보물이에게는 이해하기 어려운 대답일지도 모른다.

나는 우리 아이가 아파하지 않아도 될 일에
마음 아파하고 있는 걸 보니 무척이나 속상했다.

아내는 그런 내 모습을 보고는 보물이에게 다가가서
손가락으로 보물이의 심장을 다정하게 찌르고 눈웃음을 지었다.

보물이는 엄마를 맑은 눈으로 바라 보다
말 없이 고개를 끄덕이고 다시 송편을 빚었다.

아내와 보물이는, 둘이서 무슨 암호라도 만든 걸까.

몇 번을 실패해도 아랑곳 않더니,
이윽고 예쁜 송편 하나를 빚은 보물이.

나는 우리 보물이가 세상에서 제일 예쁘다.

꼬리 물기

아침부터 시간 가는 것도 모른 채 부엌 청소를 하다가,
호들갑스럽게 보물이가 오는 소리를 듣고 고개를 내밀어 봤다.

이제 막 집에 온 보물이는 가방도 내려놓지 않고
"어흥! 나는 사자다, 사자!"라고 외치며 거실을 뛰어다녔는데,

집에서 뛰지 않기로 했던 나와의 약속은
벌써 까마득히 잊은 듯 보였다.

나는 손을 얼른 씻고 거실에 가서
신이 난 보물이의 볼을 잡아당기며 말했다.

"호랑이가 어흥이지이!"

그제야 발을 멈추고, "사자는 뭐라고 울어?"라고 묻는 보물이.

보물이는 내게서 사자 이야기를 듣기 전에
집에서는 뛰지 않기를 다시 약속했고,

나는 예전에 보물이와 같이 읽은 동화책에서
으르렁 하는 사자를 보여주었다.

책을 본 보물이는 강아지도 낯선 사람을 보면 으르렁거리는데
왜 사자 울음소리가 강아지와 같은지, 사자는 강아지와 무슨 관계인지,
엄마는 사자처럼 울 수 있는지,

계속해서 여러 물음에 꼬리를 물었다.

이렇게 머리 위에 물음표가 달린 보물이는
자신이 납득할 때까지 몇 번이고 같은 이야기를 반복해서 물어보는데,

이를 대답해 주는 일이 마냥 쉽지만은 않기 때문에
나는 재빨리 화제를 돌렸다.

"보물아, 오늘 학교에서 재밌는 일 있었어? 왜 보물이가 사자야?"

다행히 내 물음이 효과가 있었는지, 보물이는 잡고 있던 꼬리를 놓치고
금세 다른 이야기를 재잘거리기 시작했다.

보물이는 이번 방학을 앞두고 조별 연극으로
오즈의 마법사를 하게 되었는데,

거기에서 맡은 역이 겁쟁이 사자라고 했다.

내 눈에는 사자보다 수다쟁이 허수아비가
보물이에게 더 어울려 보였는데,
보물이는 사자 역할이 꽤 마음에 든 것 같았다.

어린이들이 하는 연극이라 대사가 그렇게 많지는 않겠지만,
보물이가 잘 할 수 있을까 걱정이 되어 물어봤다.

"보물아, 연극할 때 사자가 하는 말 전부 외울 수 있겠어?"

"응, 괜찮아. 선생님이랑 친구들이랑 미리 녹음하고,
학예회할 때는 무대에서 어흥어흥만 하면 돼에!"

"…"

나는 어흥이라는 말을 듣고 깜짝 놀라서,
마음속으로 보물이가 모르고 넘어가기를 바랐지만

보물이는 이 말을 끝으로 머리 위에 다시 물음표가 생겼고,

덕분에 나는 보물이가 잠들기 전까지
사자와 호랑이에게 내내 쫓겨 다녀야만 했다.

눈이 말똥말똥한 보물이를 겨우 재우고 거실에서 한숨 돌리고 있는데

퇴근이 늦은 남편이 내 모습을 보고
"무슨 생각을 그렇게 해?"라고 물었다.

그리고 나는 무심결에 대답했다.

"어흥!"

얄미워

지난주 집에 오는 길에 만난 은지 엄마에게
은지가 피아노를 배운 뒤로 조금 얌전해졌다는 이야기를 들었다.

은지는 우리 동네의 소문난 개구쟁이로
아이들 장난의 중심에 서 있는 친구인데,

그런 장난꾸러기가 얌전히 변했다는 이야기를 듣고
나는 눈을 동그랗게 뜨지 않을 수가 없었다.

마음속으로는 설마설마 하면서도

항상 재잘거리느라 바쁜 우리 보물이도
피아노를 배우면 조금은 덜 산만해질까 싶었다.

그래서 나는 보물이의 의사도 묻지 않은 채,

덜컥 학원 등록을 해버렸다.

보물이는 그렇게 떠밀리듯이 학원을 다니기 시작했는데
놀랍게도 피아노를 배운 지 일주일이 되자 거짓말처럼 얌전해졌다.

나는 달라진 보물이 덕분에 기분이 좋아져서
주변 사람들에게 자랑을 하기 시작했다.

남편은 그런 내 모습을 보고,

보물이는 피아노를 배워서 얌전해진 게 아니라
단지 심통이 난 것뿐이라고 했다.

남편의 말에 나는 "에이, 아니야."라고 했지만

그 말에 벗겨진 콩깍지가
보물이의 얼굴을 제대로 볼 수 있게 해주었고,

보물이의 얼굴은 정말 잔뜩 부어있었다.

나는 엄마가 되었을 때, 아이들의 이야기를 잘 들어주는
어른이 되고 싶다고 생각했었는데

지금 보물이 눈에 비친 내 모습은, 어렸을 적
절대로 되고 싶지 않았던 우리 엄마의 모습 그대로였다.

엄마가 되어보니
새삼, 엄마도 나도 보물이도 전부 이해가 되었다.

나는 내가 보물이에게 가르쳤던 것처럼
잘못을 했다는 생각이 들었을 때
사과하는 것을 미루지 않으려고 보물이 앞에 마주앉았다.

보물이는 텔레비전을 가리고 있는 나를 피해서
고개를 이리저리 움직였는데,

나는 보물이의 눈과 만날 때를 조용히 기다렸다가 이야기를 했다.

"보물아, 엄마가 보물이 의견도 묻지 않고 학원에 보냈지?
피아노 배우고 싶지 않다고 했는데, 억지로 하게 해서 미안해.
내일부터 학원은 그만 가고 엄마랑 집에서 놀까?"

보물이는 기대하지 않았던 내 말에 당황해서 머뭇거리다가
멀리도 아니고 바로 옆에 있던 아빠에게 뛰어가서 도움을 요청했다.

보물이는 아빠와 한참을 비밀 이야기를 한 후에,
나에게 와서도 귓속말을 하듯 소근소근 말했다.

"엄마, 나 이번 달만 그냥 다닐께에."

보물이는 내가 아닌 엉뚱한 곳을 바라보며 이야기를 했는데,

나는 보물이가 엄마를 이해하려 노력해 준다는 것에 너무 기뻤다.

"아이쿠, 우리 보물이가 벌써 다 커서 엄마를 이해해 주는 거야?
고마워."

그런데 보물이는 내 말에 새초롬한 표정을 짓다가 큰 소리로 대답했다.

"아냐, 엄마아. 그게 아니라 아빠가 그러는데,
피아노를 칠 줄 알면 나중에 커서 남자한테 인기가 많아진대.
그래서 조금만 더 배워보려구!"

보물이가 내게 달려올 때부터 조금씩 얼굴에 웃음을 그리더니
드디어 웃음이 터진 남편.

나는 우리 보물이를 너무 큰 사람으로 생각했던 걸까.

기대했던 것과 다른 대답에 허둥지둥한 얼굴을 하고 있는데
아빠를 따라 같이 웃는 보물이를 보니까 어쩐지 심술이 나서,

나는 아직 부어있는 보물이의 볼을 꼬집어주었다.

행복이 같이 내린다

봄이 오려는지 새벽부터 비가 내리기 시작했다.

남편과 나는 오랜만의 비를 구경하기 위해서 소파에 앉았는데

아침 일찍 일어난 보물이도
우리 사이로 파고 들어와 같이 창밖을 바라봤다.

보물이는 빗소리에 기분이 좋은지 곧장 콧노래를 부르다가
문득 아빠에게 비는 어떻게 내리는지를 물었다.

남편은 언제나처럼 공기 중의 수증기가 이러쿵저러쿵,
학교에서 배우는 내용을 보물이에게 이야기했는데

나는 얼마 전 아이들의 성장기에 꿈을 실어주라는 교육 방송을
봤던 것이 기억나서 재빨리 남편의 입을 막았다.

"보물아, 비는 요정들이 타고 내려오는 비행기 같은 거야!"

그런 내 말에 놀라서 눈이 휘둥그레진 남편과 보물이.

나는 이야기를 꺼내놓고 어떻게 해야 될지 몰라서
남편에게 맞장구를 쳐달라는 신호를 보내려 했지만,

신이 난 보물이가 팔을 흔들며 재촉하는 탓에
그러지 못한 채로 더듬더듬 이야기를 이었다.

"으응, 하늘에서 사는 요정들이 땅으로 내려와 놀고 싶어지면
이렇게 비를 타고 여럿이서 같이 내려오는 거야."

"우와! 그럼, 집으로는 어떻게 돌아가는데?"

"바람을 타고 하늘로 올라가지! 집으로 올라 갈 때는
시간이 많이 걸리기 때문에, 요정들이 그렇게 자주 내려오진 않아."

"그럼, 오늘도 요정들이 내려오고 있는 거야?
일찍부터 비가 내렸으니까 많은 요정들이 내려오나 봐!"

나는 이야기를 꺼내놓고 횡설수설할까 봐 걱정을 했는데
이렇게 푸욱 빠진 보물이를 보니, 남편의 도움 없이도 자신감이 붙었다.

"그러게. 그런데 이번에 오는 요정들은

차분하고 얌전한 친구들인가 봐."

엄마가 그걸 어떻게 아느냐며 눈을 반짝이는 보물이에게,
나는 창밖을 가리키며 말했다.

"자, 봐. 비가 부슬부슬 내리고 있지? 이건 얌전한 요정들이
사람이 놀라지 않도록 천천히 내려오고 있는 거야.
소나기는, 성격이 급한 요정들이 소란스럽게 뛰어 내려오는 거고.
바로… 우리 보물이처럼!"

나는 말꼬리를 흐리다가 큰소리로 외치며
보물이의 옆구리를 간지럽혔고, 우리는 한참을 같이 웃었다.

"엄마, 엄마, 이제 비올 때마다 여기 앉아서
엄마 아빠랑 같이 비 구경할래!
아빠도 요정이 오는 거 알고 있었어?"

옆에서 조용히 듣고 있던 남편은 보물이를 들어 안으며 말했다.

"그럼, 아빠도 알고 있었지. 그런데 보물아,
학교에서는 비가 내리는 이유를 조금 다르게 설명할지도 몰라."

"왜에?"

"그건 보물이가 나중에 어른이 되고, 엄마가 되면 알 수 있지이."

"에이. 맨날 어른이 되면 알 수 있대!"

보물이는 이유를 알 수 없다는 듯이 눈썹을 찌푸렸는데,
남편은 그런 보물이에게 다정하게 한마디를 덧붙였다.

"그런데 아빠는, 엄마가 해준 이야기가 더 좋아."

내 이야기가 정말 마음에 들었는지 남편이 나를 보고는 빙그레 웃었다.

보물이는 나와 남편을 한참 번갈아 쳐다보다가,
"알았다! 그럼 둘 다 맞는 거구나!"라고 말하며 손을 꼬옥 잡았다.

창밖으로 춤추듯이 내리는 빗방울들.

오늘 우리 가족의 마음에는, 진짜 요정이 내렸다.

고집이 있어!

밥을 먹을 때도 쉴 새 없이 떠드는 보물이는
아직까지 젓가락을 잘 사용하지 못한다.

우리가 밥을 거의 다 먹을 무렵이 되서야
밥을 먹기 시작하기 때문에,

서툰 젓가락질보다 포크를 사용하는 것이 습관이 되어버렸다.

그래서 집에서만큼은 젓가락으로 먹는 연습을 시키는데
먹기가 힘든지 저녁을 안 먹겠다는 투정을 종종 부리고는 한다.

조금만 덜 재잘거리면 될 텐데, 여전히 입은 바쁘고
늦밥을 먹느라 손까지 바쁜 보물이.

시간을 두고 천천히 해도 괜찮다고 하는 남편과 달리

이런 보물이를 어르고 달래는 것은,
마음이 급한 나의 몫이다.

그런데 오늘 학교에서 돌아온 보물이는
시키지도 않은 젓가락질을 연습 중이었다.

이야기를 들어보니,

점심시간에 짝꿍이 젓가락을 잘 사용하는 것을 보고는
자존심이 꽤 상한 모양이었다.

여러 번을 해도 생각대로 잘 안되는지
달칵달칵 소리를 내며, 젓가락이 덜덜.

손을 꼬옥 쥐고, 애를 쓰는 보물이를 보니까
안쓰러움이 마음에 몰려왔다.

"보물아, 천천히 해도 돼에. 아빠 말대로 조금만 시간이 지나면
금방 할 수 있을 거야."라며
어느새 나도 남편과 같은 말을 보물이에게 하고 있었다.

하지만 심각한 표정의 보물이는 내 말을 전혀 듣는 것 같지가 않았다.

나는 오늘 저녁을 하려고 불려 둔 검은콩을
보물이에게 가져다주며 말했다.

"자, 그럼 이거 하나씩 들어서 옆의 접시에 옮겨 봐.
대신에 아빠 오실 때까지만 하는 거다."

그냥 놔두면 보물이가 한도 끝도 없이 매달릴 것 같아서
미리 시간 약속을 했다.

나는 보물이가 식탁에 앉아 있는 사이에 집안일을 했는데

오며가며 보물이의 젓가락 사이로
콩이 계속 떨어지는 것이 보였다.

남편 말처럼, 보물이가 천천히 스스로 배울 수 있도록 해주는 것이
가장 좋은 것일 거란 생각은 왜 오늘에서야 들었을까.

나는 많은 생각처럼 많던 빨래를,
한참을 발로 밟았다.

열심히 움직여서 새하얘진 빨래를 걸러 베란다로 나가는데,
보물이는 거실에 누워 잠이 들어 있었다.

나비잠에 볼록 나와 있는 보물이의 배꼽에 홑이불을 덮어주는데
보물이의 코 고는 소리가 들렸다.

연습이 잘 안 되어 고단했나 싶어 부엌에 들어서자,
내가 준 접시에는 콩들이 나란히 줄을 서 있었다.

바쁜 입만큼이나 바쁜 손을 가진 우리 보물이.

나는, 그런 고집쟁이 보물이를 사랑한다.

너무 억울해!

오늘 아침, 보물이가 일어나자마자
내 팔을 잡아당기며 엉엉 울었다.

나는 보물이의 갑작스러운 눈물에 놀라,
머리에 열이 있는지 재빨리 손으로 짚어보며 말했다.

"왜, 보물아 어디 아파? 어디 아파?"

쿵닥거리는 마음으로 어디가 아픈지를 물었지만
보물이는 대답 없이 내 팔을 잡아당기며 울기만 했다.

당황한 나와 남편은 병원에 가기 위해
서둘러 옷을 갈아입고 나왔는데,

그 사이 잠깐 울음을 멈췄던 보물이는

나를 보고 다시금 울기 시작했다.

걱정이 된 나는, 보물이를 안으며 물었다.

"왜, 보물아 어디가 아픈데? 말을 해야 엄마가 알지."

울먹- 울먹-

보물이가 말하는 소리는 울음소리가 섞여서
잘 알아들을 수 없었는데,

답답한 마음에 내가 몇 번을 다그쳐 묻자
보물이는 숨을 크게 들이 마시고는 말했다.

"엄마가…
엄마가, 내 호떡 뺏어먹었잖아! 흐어엉…!"

남편과 나는 무슨 이야기인지 눈이 동그래져서
서로를 쳐다보았다.

보물이는 자꾸 나에게 한 입만 먹는다고 해놓고
왜 다 먹었냐는 말을 했는데,

아마도 꿈속에서
내가 보물이의 호떡을 빼앗아 먹은 것 같았다.

울음이 반, 화가 반.

꿈을 어찌나 생생하게 꾸었던 것인지,
알아듣게 설명해도 보물이는 쉽게 눈물을 그치지 않았다.

겨울이 다 지나서 호떡을 파는 곳도 없는 요즘,
나는 우는 보물이를 달래기 위해서 부엌에 서 있다.

'내가 진짜 호떡을 뺏어 먹기라도 했으면, 억울하지나 않을 텐데.'

이 밤에 남편과 보물이가 좋-다고
소파에 앉아 호떡을 기다리는 것을 보니,

살짝, 약이 올랐다.

그래서 호떡에 꿀을 넣지 않은 공갈빵을 만들까아,
보물이가 먹기 전에 한 입 빼앗아 먹을까아 하는
소심한 복수를 생각하고 있던 중에,

어느새 옆에 온 보물이와 눈이 마주쳤다.

보물이는 내 얼굴을 보고는,
아까와 같이 울 것 같은 눈을 하고 아빠에게 달려가며 외쳤다.

"으아앙, 아빠! 엄마가 무서운 얼굴 하고 있어!"

아빠의 품에 숨어 고개를 빼꼼 내민 보물이.

내가 정말 보물이의 꿈에 다녀가긴 했나 보다.

놀리는 게 재밌어

책 읽는 소녀, 움직이는 동상, 빨간 휴지 파란 휴지.

우리 어릴 적처럼 이런 학교 괴담이 아직도 있나 보다.

모처럼 비가 내리는 체육시간,

선생님은 무서운 이야기로
아이들의 지루함을 달래주려고 했던 모양이다.

보물이는 이야기가 꽤 재미있었는지
학교에서 돌아오자마자 호들갑이었다.

먼지를 털며 청소를 하는 중에도
자꾸 무서운 이야기를 해달라고 조르는 보물이가
처음에는 조금 성가셨지만,

이야기를 들을수록 동그래지는 눈,
꼬옥 모은 두 손, 떨리는 발이,

너무 귀여워서 오늘 해야 할 집안일을
내일로 전부 미루어버렸다.

무서운 이야기를 내내 들은 보물이는 결국 밤이 되자,
혼자 자기가 무섭다며 나와 남편 사이로 쏘옥 들어왔다.

"보물이도 이제 다 컸는데 혼자 자야지."

"싫어, 싫어 무섭단 말야. 히잉…."

"그러게 왜 자꾸 무서운 이야기해달라고 했어?"

"그만 듣고 싶다는데, 엄마가 자꾸 따라 다니면서 이야기했잖아!
으아앙!"

나는 보물이의 반응이 너무 재미있어서 하하하 웃음을 터트렸고,
남편은 그만 놀리라는 표정을 하고는 보물이를 달래 주었다.

그렇게 셋이 나란히 사이좋게 잠들었는데,
새벽 두 시쯤이었을까.

보물이가 팔을 잡아 당기며 나를 깨웠다.

"엄마, 엄마, 나 화장실 가고 싶어"
"응? 화장실? 알았어어… 잠깐마안…"

나는 잠결에 무심코 대답을 해버렸다.

그리고 다시 보물이가 내 팔을 잡아 당겼을 때는
조금 시간이 지나서였다.

보물이를 화장실에 데려가려고 억지로 눈을 떠 보니,

보물이가 침대 위에서 바지를 내린 채
쉬야 자세를 하고 있는 것이었다.

"으악!"
깜짝 놀란 나는, 순간 눈을 번쩍 뜨고 일어났다.

그런데 보물이는 옆에서 조용히 잠들어 있었고,
어제 말린 침대시트는 여전히 뽀송뽀송 했다.

(나는 숨을 돌리고, 보물이를 가재눈으로 쳐다봤다.)

'이, 이 녀석이…. 꿈에서 복수를 하다니.'

보물이에게 겁을 잔뜩 주었지만
무서운 꿈을 꾼 건, 내내 보물이를 놀렸던 내 쪽이었다.

나도 모르게 나오는 작은 안도의 한숨.

남편이 알면 내게 바른 소리를 할 것이 뻔하니,
오늘 꾸었던 꿈은 나 혼자만 아는 비밀로 해야겠다.

그런데 나는 왜 자꾸 입이 근질근질할까!

아빠 못지않게 사랑해

삐엑. 삐에-엑. 삐에에.

보물이가 내일 리코더 시험이 있다며, 한참 연습 중이었다.

나는 작은 입으로 리코더를 부는 보물이가
너무 예뻐 보여서 말없이 구경을 하고 있었는데,
보물이는 소리가 잘 나지 않아서 답답한 모양이었다.

"아후, 왜 이렇게 소리가 안나지이?"

시간이 지날수록 예쁜 보물이의 얼굴이 점점 찡그러지자*,
나는 보물이의 이마를 펴주며 말했다.

"그렇게 세게 불기만 하니까 소리가 잘 안 나지."

---

 * '찡그러지다'는 동사로 '얼굴의 근육이나 눈살이 몹시 찌그러지다.'라는 뜻입니다.

힘을 줘서 불기만 하던 보물이는 내 말을 듣고
반대로 살살 리코더를 불기 시작했다.

내내 빽빽거리던 소리가 피-이 피-이로 바뀌었지만,
제대로 된 소리가 여전히 나지를 않자
보물이는 볼멘소리로 말했다.

"히잉. 안되잖아."

그리고는 내일 있는 시험에 마음이 급해져서인지
보물이의 리코더에서는 아까처럼 삐엑 삐엑 소리가 나기 시작했다.

처음에는 보물이의 앙증맞은 입술과 예쁜 손을 보느라
곁에 앉아 있었는데,

서투른 리코더 소리를 오랫동안 듣고 있자니
금세 귀가 괴로워졌다.

나는 보물이에게 리코더를 빼앗듯이 건네어 받고 말했다.

"보물아, 악기는 그렇게 힘만 줘서 부르면 소리가 안나."

"그럼, 어떻게 불어야 해?"

"이야기하듯이 불어야지."

나는 머리에 물음표를 그리고 있는 보물이와 같이 연습을 시작했다.

"보물아, 자고 있는 아빠를 깨울 때는 어떻게 깨워야 된다고 했지?"

"어어… 놀라지 않게 조용히?"

"그래, 그럼 아빠를 리코더로 깨워본다고 생각하고 불어보자."

보물이는 아주 조심스럽게 리코더를 불었다.

피이이.

"자, 이제 아빠가 잠이 살짝 깼어.
조금 흔들어서 깨워도 되지만,
놀라지 않게 조심히 흔들어 볼까?"

삐이 삐이 삐이.
(귀가 간지러운 듯한 소리에 나와 보물이는 코를 벌름거렸다.)

"자, 이제 아빠가 벌떡 일어났다! 놀아달라고 크게 흔들어봐아!"

삐이이이-
드디어 예쁜 소리가 나는 리코더.

제대로 된 소리에 보물이의 눈이 반짝였다.

기분이 좋아진 보물이는 번-쩍 번-쩍 뛰어
제 방으로 들어가서는 지칠 때까지 연습을 했다.

그래도 이제서야 겨우 소리가 난 것이기 때문에,

오늘 하루 연습한 것으로는
시험을 잘 볼 수 있을 것 같지 않았다.

나는 보물이가 생각대로 연주를 잘 하지 못해서
속상해 하면 어떻게 하나 걱정을 했지만,

다음날 보물이는 싱글벙글 웃는 얼굴로 돌아와서 말했다.

"있지 엄마, 리코더 부는 내내
아빠 생각이 나서 기분이 좋았어! 헤헤."

내가 걱정했던 것과는 달리,
시험과 상관 없이 즐거운 시간을 보내고 온 보물이.

아, 우리 보물이는 어쩜 이렇게 예쁠까!

남편의 말처럼 건강하고 바르게 자라는 보물이가
내 눈에 너무 예쁘게 보였지만,

나도 남편처럼 딸바보가 되어가는 건 아닐까 하고

문득 걱정이 되기 시작했다.

'그래도 예쁜 걸 어떡해!'
나는 이미 딸바보인가 보다.

훌쩍 커버린 것 같아

비가 주룩주룩 내리는 아침,

알람 소리를 못 듣고 시계를 보니
일어나야 할 시간이 한참을 지났다.

깜짝 놀라 보물이의 엉덩이를 두들겨 깨우고
아침밥과 오늘 입을 옷을 준비하는데,

아무리 봐도 보물이의 우산이 보이지를 않았다.

파란색 바탕에 노래하는 개구리가 그려져 있는,
우리 보물이의 보물 1호.

이제 막 여자아이가 되어가는 보물이는
자기가 쓰는 물건을 전부 예쁜 분홍색으로 바꾸었지만

유독 바꾸지 않고 아끼는 것이,
이 개구리 우산이었다.

벌써 준비를 마치고 나온 보물이는
내가 우산을 찾는 시간이 길어질수록 점점 울상이 되어갔다.

나는 더 늦기 전에 보물이에게 다른 우산을 손에 쥐어 주었는데,

보물이는 내가 우산을 찾아주겠다는 약속을
몇 번이나 하고 나서야 학교에 갔다.

나는 오후 내내 신발장과 베란다,
심지어 장롱까지 개구리 우산을 찾아보았지만,

우산은 도대체 어디에 있는지 보이지를 않았다.

울며 보채는 아이를 어떻게 달래면 좋을까.

이제 곧 집에 돌아 올 보물이를 생각하니
머릿속에는 온통 변명만이 떠올랐다.

그러다 문득 머릿속에 변명을 가득 채우고 있는
내 모습을 깨닫고는, 보물이에게 미안한 마음이 들었다.

언제나 진실하기를 가르쳤던 내 아이의 모습 앞에,

나는 지금 어떤가 하고.

결국 나는 남편에게 전화를 걸어 도움을 요청하고,
학교에서 돌아온 보물이에게는 사실대로 이야기를 했다.

"미안해, 보물아. 엄마가 아무리 찾아봐도
어디에 있는지를 모르겠어.
이따 아빠가 보물이의 우산을 새로 사오겠다고 했으니까
그 전까지 같이 찾아볼까?"

나는 울며불며 떼를 쓸 보물이를 생각했지만,
보물이는 다소 시무룩한 얼굴로 천천히 고개를 끄덕였다.

이미 체념을 했던 것인지,
걱정했던 것과 다른 보물이의 모습은

오히려 내 마음을 아프게 만들었다.

남편은 보물이와 같이 만들면 더 좋을 것 같다며
문구점에서 투명우산과 물에 지워지지 않는 물감을 사왔다.

저녁도 거른 채 보물이와 우산을 만들기 시작해서는,
보물이보다 더 신나하던 남편.

보물이는 서툰 그림의 새 우산이 마음에 들었는지

내일 아침에 또 비가 내렸으면 좋겠다고 말했다.

늦은 시간까지 잠을 참던 보물이와 애를 쓴 아빠는
곧장 잠이 들어버렸고 나는 남아서 뒷정리를 했다.

다 만든 우산은 물감이 마르도록
거실에 신문지를 깔아 세워 두었는데,

어른스러워 보였던 보물이의 표정 때문이었을까.

어쩐지 새 우산에서는

제 어미를 찾는 청개구리 울음소리가
새벽 내내 들리는 듯했다.

고맙습니다, 사랑합니다

"엄마, 엄마아- 보면 안돼에!"

보물이가 어버이날을 맞아 요리를 한다며,
부엌에서 나를 밀어냈다.

그릇을 찾느라 바쁜 보물이는
벌써 찬장 여기저기를 열어보고 있었는데,

걱정이 앞선 나는 보물이에게 안 된다는 말부터 했다.

"처음 해보는 요리를 어떻게 혼자서 한다고 그래.
위험해서 안돼에."

하지만 가정시간에 배웠다며,
어깨에 잔뜩 힘을 준 보물이.

안 된다는 말에도 아랑곳 않고, 국자를 손에 쥔 채
냄비를 찾는 폼이 쉽게 물러날 것 같지 않았다.

하긴, 요리라고 해도 미역국을 끓이는 정도여서
그렇게 위험하지는 않겠지 싶어,
고민 끝에 단단히 주의를 주고 허락을 했다.

"그래, 알았어. 대신에 잘 모르겠으면, 엄마한테 꼭 물어보기다아!"

어차피 내가 허락을 안 해도 요리를 할 기세였는지,
보물이는 요란하게 미역을 씻기 시작했다.

그리고 손에 물을 닦지도 않고, "엄마, 저리가! 저리가!"를
다시 외치는 탓에, 거실로 쫓겨나 앉아있게 되었다.

부엌에서 툭탁대는 소리를 들을수록
마음에 다시 걱정이 생겨,
자꾸 부엌 쪽으로 발을 옮겼다가 거실로 돌아오기를 반복했다.

그래서인지 보물이는 요리보다, 그런 나를 견제하기에 바빴다.

달그락- 달그락, 빼꼼.
달그락- 달그락, 빼꼼.

그냥 놔두면 실수 없이 잘할 수 있을 보물이가

나 때문에 다른 실수를 하는 게 더 큰일일 것 같아서,
나는 하는 수 없이 거실에 라디오를 작게 틀어놓았다.

가만 보면 요새 아이들은 뭐든 참 빠르다는 생각을 한다.

나는 언제 즈음에 엄마에게 미역국을 끓여줬더라?
엄마가 좋아는 했었나.

다른 것은 기억이 전혀 나지 않지만,
맛이 없었던 것만은 분명히 떠올라서 웃음이 터져 나왔다.

너무 큰 웃음소리에 고개를 내민 보물이에게
아무것도 아니라고 이야기를 했는데,

보물이의 수줍은 표정이
'이제, 다 됐어!'라고 말하고 있었다.

나는 보글보글 끓는 미역국을 한 숟가락 떠서 입에 넣고는,
바닷물을 떠먹은 것처럼 눈을 질끈 감았다.

"엄마, 맛이 없어?"

보물이는 내 얼굴을 보고, 다소 실망한 표정으로 물었다.

"어머, 우리 딸. 엄마가 처음 미역국 끓였을 때랑 맛이 똑같네!"

내 요리 실력을 고대로 빼닮은 보물이.

나는 보물이에게 미역국 맛을 보여줬고,
보물이도 역시 두 눈을 질-끈 감았다.

그런데 어버이날 선물은 요리뿐만이 아니었나 보다.

보물이는 책가방에서 삐뚤-빼뚤한 글씨로
'고맙습니다. 사랑합니다.'라고 쓰인,

카네이션을 내 옷에 달아주었다.

"고마워, 보물아."

보물이는 내 인사가 쑥스러웠는지,
괜히 찬장을 열고 닫기를 여러 번 했다.

나는 보물이에게 부엌에 들어오는 것을 허락받고,
같이 맛있는 미역국을 만들려고 노력했다.

나란히 서서 보물이의 작은 키를 내려 볼 때마다
눈으로, 마음으로 들어오는 카네이션.

우리 보물이는,
'고맙습니다. 사랑합니다.'의 의미를 알까.

어느덧 초인종이 울리고
아빠에게 달려 나가는 보물이의 모습이,
어쩐지 나는 눈이 부셨다.

'고맙습니다. 사랑합니다.'

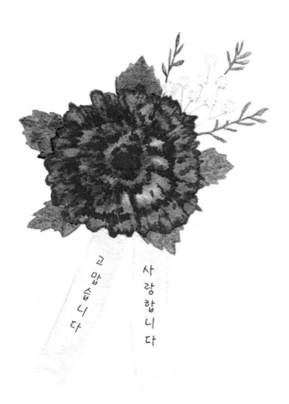

마음 한가득

오늘은 우리 보물이가 야외 학습을 간다며
나보다도 먼저 일어났다.

엄마의 도움을 받아서
어떻게든 일어나려고 몸을 꼼지락 거리던 보물이.

나는 부지런한 보물이가 대단하다고 생각했지만,
보물이는 역시 보통 때보다 정신이 없었는지
도시락을 깜빡한 채 등교를 했다.

마침 보물이가 가는 야외 학습장은
우리 회사 근처의 동물원이어서,
아내 대신에 내가 도시락을 가져다주기로 했다.

나는 회사에서 조금 일찍 나와

보물이가 있는 곳으로 서둘러 걸음을 했다.

도시락을 두 개나 들고는
'이 넓은 곳 어디를 찾아야지, 우리 보물이를 발견하나.'
고개를 두리번거렸다.

그리고 뒷모습만 봐도 우리 딸인 걸 아는 나는,
저어-기. 사자 우리 옆에 앉아 있는 보물이를 발견했다.

"아빠!"

"그림 잘 그리고 있어? 아빠가 지나는 길에 보물이 보려고 들렀지."

수업시간 나를 보고, 눈이 동그래진 보물이가
내 품에 뛰어 들었다.

나는 선생님께 양해를 구하고 보물이와 도시락을 먹었는데,
보물이의 스케치북에는 아직 아무것도 그려져 있지 않았다.

"보물아, 왜 아무것도 안 그렸어?
도시락이 없어서 굶을까 봐 걱정되서 그런 거야?"

"아니이! 기린을 그리고 싶었는데, 다정이가 먼저 그려버렸어!"

입에 잔뜩 김밥을 넣고, 오물거리는 보물이를 보니 다람쥐가 생각났다.

"보물아, 다람쥐는 어때? 아빠는 다람쥐 좋은데."

"에이, 다람쥐는 너무 작아서 스케치북에 가득 그리기 힘들어!"

나는 볼멘소리로 말하는 보물이에게 웃으며 말했다.

"그래? 보물아 동물원으로 그림을 그리러 왔지만,
꼭 동물을 그리지 않아도 돼."

"그럼, 뭘 그려?"

"동물원에는 동물도 있고, 동물들이 좋아하는 풀과 나무도 있고.
사육사 언니 오빠들도 있잖아."

"응? 내가 그리고 싶은 걸 그려도 되는 거야?"

"그러엄. 보물이가 그리고 싶은 걸 그려야지."

우리 보물이는 내 이야기를 듣고, 기분이 좋은지 활짝 웃었다.
나는 보물이가 웃는 모습이 좋다.

아이들의 생각은 늘 자유롭고자 하는데,

가끔 어른들은 자신도 모르게
이 자유를 자꾸 의자에 앉혀서 붙잡아 두려고 한다.

야외 학습을 동물원으로 간 것은 이유가 있었겠지만,
나는 내 딸이 항상 즐겁기를 바랐다.

나는 회사로 돌아가며,
보물이가 어떤 그림을 그릴까 내내 궁금했다.

'혹시 내가 아무거나 그리라고 했다고,
너-무 엉뚱한 그림을 그려서 선생님께 꾸중을 듣는 건 아니야?'
하고 마음속으로는 안절부절.

하지만 밀린 업무 때문에 그런 걱정도 어느새 까맣게 잊고 있었는데,

그날 밤 퇴근한 나는,
스케치북 한가득 그려져 있는 내 얼굴을 보았다.*

 * 아이들의 생각은 살아 움직이는 생명체 같습니다.

매일이 크리스마스

지난주부터 시작된 많은 눈으로, 학교는 휴교를 하고
텔레비전에서는 연이은 성탄 영화가 나오고 있었다.

보물이는 텔레비전에서 해주는 영화가 무척 재미있었는지
좋아하는 귤도 마다하고 텔레비전을 봤다.

그러다 뭔가 궁금한 게 생겼는지 돌아보지도 않고
내게 물었다.

"엄마, 엄마. 산타할아버지는 진짜 있어?"

"글쎄에. 엄마는 만나지 못했지만 있지 않을까?
겨울에 가끔 선물 주러 오시잖아."

보물이는 선물이라는 단어에 귀가 쫑긋하더니,

고개를 돌려 나와 아빠를 쳐다봤다.

"근데 왜 우리집에는 안 와?"

"그거야 할아버지가 바쁘시니까, 모든 집에 오실 수는 없지이.
보물이가 착한 일 많이 하면, 우리 집에도 오실지 몰라."

"꼭 착한 일을 해야 하는 거야?
선물만 주시는 거면, 택배로 보내주셔도 되는데!"

나는 보물이의 말에 무슨 대답을 해줘야 될까,
잠깐 고민을 했다.

현대 문명의 가장 큰 혜택이라고 생각하는 택배에 대항할
다른 대답을 찾지 못했기 때문이다.

그런데 깜찍한 보물이는 다른 말이 하고 싶었던 건지,
내 대답을 기다리지 않고 말했다.

"근데에, 우리 반 예나가 그러는데 산타할아버지는 없대.
언니가 그건 다 거짓말이라고 했대."

나는 심술 맞은 언니가
눈을 반짝이는 동생의 꿈을 빼앗아 버리는 일은
'옛날이나 지금이나 똑같구나.'라고 생각했다.

"보물아, 그건 언니가 산타할아버지를 못 만났기 때문에
그렇게 이야기한 거야."

아직도 산타를 언젠가 만나지 않을까 생각하는 나는,
보물이에게 대답을 해주며 입가에 웃음이 번지는 것을 느꼈다.

남편은 우리 이야기를 한참을 듣더니,
뜬금없이 썰매를 타러 가자고 했다.

나는 "언제?"라며 머리에 물음표를 그렸고,
보물이는 "정말?"이라며 마냥 신나했다.

남편은 분리수거날에 버리려고 모아둔 종이 사이에서
쌀포대를 들고 오더니,
이거면 충분하다면서 엉덩이가 무거운 나를 재촉했다.

남편의 썰매타기는 '지금' 을 이야기하는 것이었다.

우리는 아파트 뒤편의 작은 언덕으로 갔는데
지난주부터 쌓인 눈이 꽤나 푹신푹신했다.

나는 아래쪽에서 보물이를 받기 위해 기다렸고
남편은 언덕 위에서 보물이를 쌀포대에 태우고 있었다.

종이로 된 미심쩍은 썰매는 의외로 튼튼해서,

길을 따라 빠르게 내려왔다.

요란스레 소리를 지르며 내려온 보물이의 눈에는
별이 한가득.

보물이는 잔뜩 흥분을 해서는
"엄마! 엄마아! 산타할아버지는 진짜 있을 꺼야!"라고 말했다.

"갑자기 산타할아버지는 왜에?"

'썰매가 이렇게 재밌는데, 산타할아버지가 없을 리 없어!'
이렇게 말하고는 언덕 위로 쌩- 하고 달려 올라가 버렸다.

자기 할 말만 해버리고 순식간에 다시 올라가버린 보물이.

나는 올라가는 보물이가 들리도록 크게 소리쳤다.

"그래, 산타할아버지는 있어!
지금이면 한참 선물 포장 중이실 거야!"

내 말을 들었는지, 저- 멀리 썰매 위에서도
반짝반짝하는 보물이의 눈이 보였다.

'나도 눈을 반짝이며,
보물이에게 착륙신호를 보내야 할 텐데…'

그리고 아직도 산타할아버지를 기다리는 나는,

'올해도 산타할아버지를 만나기는 힘들겠지.'라는 생각에
마음이 조금 서운해졌다.

하지만 오늘 몇 번이나 내게로 내려온 별똥별이,

산타할아버지가 주시는
올해의 내 이른 선물이 아니었을까,

나는 문득 생각했다.

결국 당했어!

남편과 나는 보물이가 학교에서 돌아오자마자
가정통신문에 적혀 있는 여름방학 숙제부터 살펴보았다.

아이의 첫 방학 숙제이기도 하고,
어렸을 적 추억에
괜시리 신나는 마음도 있었기 때문이다.

가정통신문에는 탐구생활을 비롯한 전 학년 공통 숙제와
담임선생님이 따로 내주시는 숙제가 있었는데,

보물이네 선생님은 엄마 아빠와 처음 해보는 것을
사진으로 찍어 오라는 숙제를 내주셨다.

우리 집에는 방학 숙제가 무척이나 하고 싶은
'어른이' 둘과, '어린이' 하나.

보물이는 마음대로 결정 할 수 있는 개별 숙제에
엄마 아빠가 동참하는 것을 조금 불평을 하기도 했다.

하지만 긍정적인 우리 가족은 한가운데 모여 앉아,
각자 종이를 들고 하고 싶은 것을 적기로 했다.

그렇게 각자 적은 것을 고르고 골라,
도착한 곳은 영화관.

"보물아, 영화관에서는 조용히 해야 돼에.
큰소리로 재잘거려도 안 되고, 발장난도 하면 안 되고. 알았지?"

남편은 보물이에게 영화관에서 지켜야 할
기본예절을 가르치고 있었다.

사람이 많은 시간을 피해서 오기는 했지만,
공공장소에서 지켜야 할 예절은 아이나 어른이나 똑같다.

그런데 우리가 걱정했던 것과 달리 보물이는
영화에서 눈과 입을 떼지 못했고,

영화가 끝나고 나서도 한동안 자리에서 움직이지를 않았다.

그리고는 뒤늦게 흥분해서 쉴 새 없이 재잘거리다,
또 금-세 고단해져 아빠의 등 위에서 잠이 들고 말았다.

못 말리는 보물이는 입으로 못다 한 이야기를
아빠 등에서 계속 몸으로 이야기했다.

덕분에 돌아가는 지하철에서는 앉지를 못하고
한참을 서서 갔는데,

갑자기 보물이가 안내방송에
몸을 벌-떡 일으키더니, 큰소리로 나를 향해 말했다.

"엄마! 적군은?!"

사람들의 시선은 우리에게로 몰렸고
보물이는 어리둥절, 주위를 두리번거렸다.

그리고 결정적인 말 한 마디.

"이겼어?"

우리는 부끄러움에 사과 같은 얼굴이 되어,
엉뚱한 곳에 문이 열리자마자 내렸다.

나는 얼굴이 계속 화끈화끈거렸고,

남편은 웃음을 터트리며
숙제 사진으로 지금 모습을 찍었으면 좋겠다고 말했다.

그 와중에 눈치 없이 자꾸
"왜 내렸다가 타?"라고 묻는 보물이.

나는 다음 전철을 타며,
말 없이 보물이의 코를 잡았다.

'보물아, 적군은 바로 너야.'

예뻐지고 싶어

보물이의 가장 큰 장점은 고집이 있다는 점이고,
가장 큰 단점도 고집이 있다는 점이다.

얼마 전, 반에서 다이어트가 유행이라며
"나도 오늘부터 조금만 먹을 거야."라고 말하던 보물이.

아직 성장기에 있는 어린 아이라 얼마 못가서 포기할 줄 알았는데,
며칠째 제대로 밥을 먹지 않고 있다.

내가 우리 보물이의 고집을 잠깐 잊고 있었던 걸까.

아마 외모에 대한 콤플렉스가 다이어트를 더 부추겼을지도 모르겠다.

우리는 고집쟁이 보물이와 마주 앉아서
밥을 잘 먹어야 하는 이유를 이야기했다.

남편이 보물이가 쉽게 이해할 수 있도록 여러 번 설명을 했고,
나는 옆에서 추임새를 넣었다.

"보물아, 식물들이 잘 자라기 위해서는
따뜻한 햇살도 필요하고,
깨끗한 물도 필요하고,
맛있는 흙도 필요하지?

사람도 마찬가지로,
잘 먹어야지 키도 쑥쑥 크고, 머리도 좋아지고,
엄마처럼 예뻐질 수가 있어."

그런데 보물이는 아빠의 볼록 나온 배를 물끄러-미 바라보더니,
영 믿음이 가지 않는 눈치였다.

보물이의 시선에 뜨끔해진 남편은,
'잘 먹기'에서 '잘 먹고 운동하기'로 작전을 바꿨는데,

고집쟁이 보물이는 결국 우리 모두가 같이 운동을 하기로
약속을 하고 나서야 저녁을 먹었다.

다음 날 나는 훌라후프를 세 개를 사다놓고,
남편과 보물이가 오기를 기다렸다.

게으른 나는 날마다 운동을 해야 한다는 생각에

작은 한숨부터 나왔다.

하지만 크기대로 나란히 서 있는 훌라후프에
상상으로 눈, 코, 입을 그리자,

우리 가족이랑 똑 닮은 곰 세 마리가 떠올라서,
마음 한쪽이 간질-간질해져 왔다.

'곰 세 마리가 한 집에 있어
아빠곰 엄마곰 아기곰
아빠곰은 뚱뚱해
엄마곰은 날씬해
아기곰은 너무 귀여워
으쓱으쓱 잘한다'

우리 집 아기곰은 귀엽지만, 고집쟁이다.

기억할 수 있을까

우리 집 거실의 책장에는
책을 좋아하는 남편과 나의 책들이 가득하다.

우리는 서로 읽고 싶어 하는 책의 종류가 달라서
왼쪽은 내 책을 오른쪽은 남편의 책을 꽂는데,

어느 순간부터 빼곡한 우리 책들 사이에
보물이의 책이 보이기 시작했다.

누가 우리 딸 아니랄까 봐,

하나 둘, 점점 늘어나는 보물이의 책을 보고

남편과 나는 책꽂이의 가운데에
보물이만의 공간을 만들어주었다.

보물이는 자기 자리가 생긴 게 마음에 드는지,
무척 기분이 좋은 눈치였다.

오늘도 보물이는 책꽂이 앞을 서성이다가,

책을 읽는 나를 보고 자기 자리에서 책을 뽑아와
내 옆에 붙어 앉았다.

책을 읽으면서도 늘 재잘거리는 보물이가
'오늘도 나를 괴롭히겠구나.'라는 생각을 했었는데,

한참이 지나도 조용하다 싶어 흘깃 옆을 보니,
보물이가 눈물을 또옥또옥 떨어트리고 있었다.

깜짝 놀란 나는 읽던 책을 덮고 보물이에게 물었다.

"보물아 갑자기 왜 울어?"

보물이는 나와 눈이 마주치자, 더 큰소리로 울기 시작했다.

펑펑 흐르는 눈물은 금세 소매를 적셨고,
딸꾹질을 하며 우는 보물이의 대답을 듣기는 쉽지가 않았다.

나는 보물이가 진정이 되도록 등을 쓸어내려 주다가
보물이의 무릎 위에 펼쳐진 책, '해님달님'을 보았다.

최근에 보물이가 재미있게 읽던 책은 전래동화로,

얼마 전에도 견우직녀를 읽고는 코를 마시며,
칠월 칠일이 언제냐고 물어봤던 것이 기억났다.

그래서 마음이 예쁜 보물이가
'오늘은 해님달님을 안아주고 있구나.'라는 생각이 들었다.

"해님달님 불쌍해에….
견우직녀처럼 서로 만나지도 못해…. 흐엉."

이제 조금 진정이 되었는지, 훌쩍이며 말하는 보물이가
나는 왜 이렇게 사랑스러울까.

도와줄 수 없다는 사실에 마음이 아픈 보물이는
다시 내 품에 안겨서 울기 시작했다.

"괜찮아, 보물아.
지금은 보물이가 해님달님을 도와줄 수 없어도
분명 도와줄 수 있는 날이 올 거야."

"저엉말…?"

"그러엄. 대신 우리 보물이가 오늘 해님달님을 걱정했던 마음을
잊지 않고, 기억하고 있어야 해. 우리 보물이 할 수 있겠어?"

보물이는 소매로 눈물을 닦으며, 고개를 끄덕였다.

아직은 쌀쌀한 봄.
나는 눈이 부은 보물이와 해님을 만나러 산책을 나갔다.

기억하고 있었어

부끄러운 일이지만, 보물이가 학교에 들어가서야
시작한 것이 두 가지 있다.

하나는 삼일절에 태극기를 거는 일이고
다른 하나는 식목일에 나무를 심는 일로,

오늘은 보물이와 함께 나무를 심으러 온 첫 번째 날이다.

나는 처음 가는 산길에,
나란히 걷는 우리 가족을 상상하며 좋아했었다.

하지만 막상 산에 와 보니,

남편은 보물이와 나를 두고
저- 멀리 혼자 걸어가고 있었다.

평소에는 느릿느릿 거북이 같은 남편이
산에서의 걸음은 어찌나 토끼 같이 빠른지,

나와 보물이가 도저히 따라갈 수가 없었다.

"아빠, 아빠아! 천천히 좀 가!"

나는 보물이를 시켜 남편을 불렀지만
너무 멀어서 잘 들리지 않았고,

우리는 한참이 지나서야 아빠를 만났다.

평소 운동이라는 것을 해본 적이 없는 난,
숨을 몰아쉬며 남편에게 말했다.

"같이 좀 가지. 왜 이렇게 빨리 올라갔어?"

그러자 남편은 "나무를 심을 좋은 자리를 맡으려면,
조금 부지런히 올라가야 될 것 같았어."라며

내려갈 때는 함께 나란히 걷자고, 웃는 얼굴로 말했다.

나와 같은 편이 되어
아빠에게 잔소리를 할 줄 알았던 보물이는,
산 위에서 보는 풍경에 이미 마음을 온통 빼앗긴 듯했다.

우리는 산이 내려다보이는 좋은 자리에서
보물이가 나무를 심도록 도와줬다.

땅도 보물이가 파고, 나무도 보물이가 심었다.

무엇이든 직접 하는 것이 가장 재미있다는 것을 아는,
보물이의 얼굴에는 웃음이 떠나질 않았다.

우리가 나무에 줄 물을 뜨러 다녀온 사이,

뒷정리까지 훌륭히 마친 보물이는
나무에 이름 푯말을 달아줬는데

이름표에는 '곶감'이라고 적혀 있었다.

삐뚤빼뚤한 글씨로 적은 푯말을 보며,
기쁜 듯한 표정을 짓는 보물이.

'왜 나무 이름이 곶감일까, 감나무도 아닌데.'

남편과 나는 너-무 궁금했지만, 보물이의 감상을 깰까 봐
꾸욱 참고 산을 내려와서 물어봤다.

"보물이 오늘 재미있었어?"
"응!"

"그런데 왜 이름표에 곶감이라고 적었어?"

"으응, 호랑이는 곶감을 무서워하잖아!
해님달님을 괴롭히지 못하게 하려구우! 헤헤!"

"우리 보물이! 해님달님을 기억하고 있었구나!"

쑥스러운 듯 씩씩한 듯, 웃는 보물이를 보니
마음에 따뜻함이 한가득 차올랐다.

'보물이의 마음만큼, 나무도 쭈욱쭈욱 높이 자라겠지?'

나는 나무보다 큰 보물이의 손을 더 꼬옥 잡았다.

같이 자라다

요새 우리 보물이는
뭐든지 혼자서 하려고 노력중이다.

아침에 일찍 일어나는 일도,
생선 가시를 발라서 먹는 일도,
책가방을 챙기는 일도.

얼마 전까지만 해도 엄마의 도움 없이는
아무것도 하지 못했던 보물이라서,

아내에게는 이런 보물이의 변화가
무척 속상한 일인 듯 했다.

나는 아내의 성장통 덕분에
보물이와 함께 하는 시간이 늘어서,

요즘은 아내 대신 보물이와 장을 보러 가는 것이
하루 일과 중 하나이다.

마침 오늘은 부처님 오신 날의 행사 중이라,

한동안 보물이에게 소극적이던 아내에게도
같이 구경하러 나가면 어떠냐고 넌지시 물어보았다.

나는 어떻게든 아내를 데리고 나갈 생각이었기에,

아내가 조금 머뭇거리는 틈을 타,

"그럼 이따가 돌아오는 길에 전화할게."라고 말하고는
천연덕스레 보물이의 손을 잡고 나와 버렸다.

보물이와 나는 서둘러 장을 보고,

구경하면서 먹을 아이스크림도 한 손에 든 채로
약속한 장소에 도착했다.

연등에는 아직 불이 들어오지 않았는데

기사 아저씨들이 사다리 위를
오르고 내리기를 반복하는 것을 보니,
뭔가가 제대로 작동이 안 되는 듯 싶었다.

반대편에 있던 아저씨도 답답하기는 마찬가지였는지,
저- 멀리서 큰소리로 여러 번 대화를 주고받았다.

그러다 일렬로 나란히 서 있던 연등에 갑자기 불이 번쩍.

알록달록한 불빛이 가로등보다도 밝게,
주변을 가득 채워 나갔다.

맞은편에서 걸어 올 아내도 이 모습을 봤을까.

나는 엉뚱하게도, 이 모습이
마치 우리 가족처럼 느껴졌다.

꼬물꼬물 자라나려고 애쓰는 보물이와
보물이의 변화를 배워가는 아내.

'성장통이 끝나고 나면 다시 보물이를
안아줄 만큼 더 큰 어른이 되어있겠지.

아직은 지켜주고 보듬어야 된다고 생각했던 보물이가,
우리(가로등)보다도 밝은 연등과 같구나.'

보물이만큼이나 아내와 나도,
점점 어른이 되어간다.

눈과 같이 내리는 기억

보물이의 감기가 심해서
병원에 다녀왔다는 이야기를 듣고,

나는 돌아오는 길에 집 앞 슈퍼에 들렀다.

어린 시절 내가 감기에 들면,
늘 초콜릿과 사탕을 사오시던 아버지.

어머니께서 이가 썩는다며
먹지 못하게 한 음식이었기 때문에,

내가 유일하게 먹을 수 있는 기회는 이때뿐이었다.

이마저도 감기가 낫기 전에
누나들이 전부 먹어치우곤 했었지만.

감기가 다 나으면 먹게 해주겠다는 어머니의 말에,

기침을 참기도 하고,
몹시 추운데 오히려 덥다며
웃옷을 입지 않고 심부름을 다녀오기도 하고,

콧물이 흐를까 봐 숨을 쉬지 않기도 했던 기억이 떠올라,

왠지 부끄럽기도 하고 코끝이 간지러워졌다.

보물이에게 딱히 먹지 못하게 한 음식은 없지만,

우리 아버지의 사랑이 내게 전해졌듯
우리 보물이에게도 전해질 수 있을까.

아내에게 전화로 물어
보물이가 좋아하는 과자를 찾아 나오자,

그새, 녹았던 몸이 부르르 떨렸다.

눈처럼 연신 쏟아지는 하얀 입김에,
어느새 빨라진 발걸음.

사실은 보물이가 보고 싶어져 바빠진 발을,
하얀 눈 속에 숨기고 싶었는지도 모르겠다.

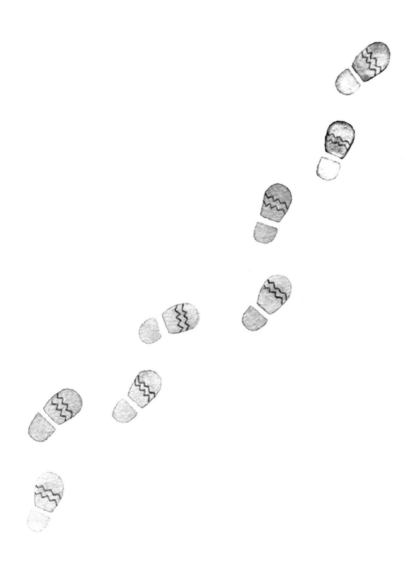

나의 눈높이

우리 집 베란다에는 보물이가 학교에서 받아 온
씨앗 하나가 자라고 있다.

이 씨앗은
선생님이 자연시간에 내준 숙제로,

싹이 트고 열매가 열리기 전까지는
어떤 식물의 씨앗인지 전혀 알 수가 없다.

더구나 아이들에게 같은 씨앗이 아니라
각각 다른 씨앗을 나눠주셨기 때문에
잔꾀를 부릴 수도 없게 되었다.

나는 평소에 숙제를 게을리 하는 보물이에게
이번 숙제는 부지런히 해야 한다고 일러두었지만,

보물이는 은근슬쩍 내게 숙제를 떠넘겼다.

학교에서 돌아와 같이 시간을 보낼 때면,
내 눈치를 보며 책을 읽거나 인형놀이를 하며 '나 몰라라'.

덕분에, 마음이 급한 내가
보물이의 숙제를 하게 되었고,

나는 씨앗이 잘 자랄까 하는 걱정으로
한시도 가만히 있지를 못했다.

싹이 나왔는지 물이 부족한지
베란다를 계속 들락-날락 했는데,
남편과 보물이가 이런 내 모습을 무척 재미있어 했다.

그 때 마다 남편도 보물이도 모두 얄미웠지만,
보물이의 숙제를 하는 일은 생각했던 것보다 무척 즐거웠다.

학교 다닐 때는 공부와 숙제가 싫었는데
이렇게 보물이의 숙제를 재미있게 하는 내 모습을 보니까,

'이제야 나의 눈높이가 딱 여기가 되었구나!'라는 생각이 들었다.

몸과 마음은 이렇게 훌쩍 커버렸는데,
이제야 초등학생의 눈높이가 되었다니.

그럼, 보물이의 눈높이는 지금 어느 정도에 있을까.

아직 숙제보다는 자전거와 비눗방울이 좋고,
엄마보다는 아빠가 좋고,
채소보다는 햄이 좋은,
그림자를 따라 달리는 어린 아이겠지?

'아이가 스스로 하고 싶은 것을 찾을 수 있도록
자유롭게 놓아주는 것도, 부모의 할 일이야.'라고 했던,
남편의 말이 새삼 와 닿았다.

어머, 우리 남편은 나보다 훨씬 더 어른이었구나!

결국 비밀

우리 회사는 매달 1일에,
'우리가족을 소개합니다'라는 게시판을 운영한다.

직원들과 친밀감도 높이고
서로의 가족 자랑도 함께 하는 이 게시판은,
늘 사람들의 관심을 받는 곳이다.

게시판은 이 날 하루만 열리기 때문에
사람이 몰리는 시간은 어느 때나 비슷한데,

뒤늦게 구경 온 내 눈에 가장 크게 보였던 것은
다음 차례에 적혀있는 내 이름이었다.

사진을 붙이고 간단한 소개글을 적는 것이어서
특별히 어려운 점은 없지만,

다른 사람들처럼 예쁜 사진을 찍는 것만큼은
중요하다는 생각이 들었다.

아내야 워낙 예뻐서 어떤 사진도 괜찮지만,
걱정은 날 닮은 보물이.

나에게는 세상 누구보다 귀여운 딸이지만

외모에 콤플렉스가 있는 보물이가,
아빠를 닮았다는 이야기를 들으면
속상해할지도 모르기 때문이다.

그래서 틈틈이 보물이의 사진을 찍었지만,
너무 많은 사진을 찍은 탓에
고르는 일은 더 어려워져버렸다.

나는 다음 차례로 내 이름을 적은 동료에게,
어떤 방법으로 사진을 골랐는지 물어보았다.

그 친구는 너무나 여유 있는 얼굴로
"딸이 가장 사랑스러울 때의 모습을 찍었지."라고
말해주었다.

그런데 나는 보물이의 모든 모습이 예뻐서
어떤 때가 가장 예쁜지 도저히 찾을 수가 없었다.

책을 읽는 모습,
개구리 우산을 들고 학교에 갈 때의 모습,
맛있는 것을 먹었을 때의 모습.

보물이의 여러 얼굴을 기억해보다가,

문득 그 사이 사이
보물이가 갖고 있는 공통점을 발견했다.

그건 바로,
쉴 새 없이 재잘거리는 보물이의 입.

간혹 아내와 나를 지치게 만들기도 하지만,

아내와 나를 가장 웃음 짓게 하는
보물이의 가장 예쁜 모습.

특별한 어느 것을 찾느라,

보물이의 가장 예쁜 모습을
놓칠 뻔 했던 것에 놀라 심장이 쿵쾅거렸다.

그리고는 하루종일 안절-부절,
퇴근시간만을 기다리다가 곧장 집으로 달려와
보물이의 재잘거리는 모습을 찍었다.

그런데 어떡하면 좋을까,
우리 보물이가 너무 예쁜 걸!

나는 서둘러 찍은 사진은
내 보물상자에 꽁꽁 숨겨둔 채,

다음날 결국 엉뚱한 사진을 붙이고 말았다.

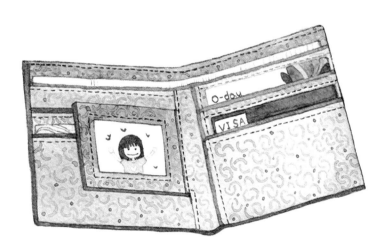

내가 제일 어려

얼마 전 백화점을 다녀오면서
보물이가 입으면 예쁠 것 같은 옷을 사왔다.

아직은 쌀쌀한 편이라
날씨가 따뜻해지면 입히려고 옷장에 살짝,

잊지 않도록 달력에 표시까지 했건만,

길에 핀 개나리를 만나고 나서야
부랴부랴 꺼내어 보았다.

봄이 완전히 지나기 전까지
몇 번이나 입힐 수 있을까 하는 걱정이 들었지만,

옷을 입은 보물이를 보니까 그런 걱정도 금세 사라졌다.

생각했던 것보다 훨씬 더 보물이에게 잘 어울려서,
기분이 좋아진 나는 오후 내내 콧노래가 나왔다.

그런데 그날 학교에서 돌아온 보물이의 옷에는
여러 군데 물감이 튄 자국이 있었다.

내가 옷을 입히는 데 마음이 바빠서,
오늘 미술시간이 있었던 것을
미처 기억하지 못했던 것이었다.

정작 아무렇지 않은 보물이와 달리,
나는 물감이 묻은 옷을 손에 들고 무척 속상해했다.

예쁜 옷을 버려서 그런 것보다

어쩌면, 엄마가 사준 옷을 보물이가 소중하게
생각해주지 않아서인지도 모르겠다.

보물이에게 이런 마음을 내색하지는 않았지만,
보물이는 이따금 곁에 와서 내 손을 만지작거렸다.

저녁에 집에 온 남편은 시무룩한 내 표정과
방문에 걸어둔 옷을 보고는,

알았다는 듯 고개를 끄덕이고

다른 아무 말도 하지 않았다.

그리고 며칠이 지나자,

나는 옷에 대해서는 까마득하게 잊고
평소처럼 부엌에서 저녁을 만들고 있었다.

그런데 남편이 오늘따라 소란스럽게 들어왔고,
보물이도 덩달아 소란스러웠다.

무슨 일인가 궁금하여 나가보니,
전에 물감이 묻었던 옷을 보물이가 입고 있었다.

"엄마 어때?"라고 말하며,
좋아서 뒤돌아 본 보물이의 원피스에는
(내가 좋아하는) 해바라기가 커다랗게 그려져 있었다.

내가 시무룩해 한 것을 안 남편이
수선하는 곳을 찾아서 옷을 리폼해온 것이었다.

어릴 적 까탈스러운 나는, 마음에 들지 않는 옷은
울고 떼를 쓰며 입지 않았었다.

반면에 우리 보물이는 엄마가 입혀주는 옷을
아무런 소리 없이 대부분 잘 입어준다.

서툰 엄마로서 보물이에게 괜시리 미안하기도 하고,
나 때문에 고생하는 남편을 보니 눈물이 찔끔 나왔다.

우리 집의 가장 어린이는,
바로 나다.

귀여워

우리 가족은 매년 새해가 되면
크고 작은 목표를 하나씩 세우는데,

올해 보물이는
커다란 목표를 두 개나 세웠다.

이를 잘 닦는 것과
다른 하나는 음식을 골고루 먹는 것.

작년에 보물이가 세웠던 계획이
한 번에 피자 두 쪽 먹기였던 것을 생각하면,
엄청나게 큰 발전이 아닐 수 없다.

더구나 보물이의 목표는 아이들이
보통 하기 싫어하는 이 닦기와 편식 않기.

누가 시킨 것도 아닌데
이런 바른 습관을 보물이가 목표로 세웠던 것은,
작년 가을 TV에서 모델이 했던 말 때문이다.

"예뻐지기 위해서 가장 중요한 것은 편식하지 않는 것이죠!"

하얀 치아와 예쁜 얼굴을 본 보물이는
목표를 하나만 적어도 된다는 엄마·아빠의 말에도 아랑곳 않고,
씩씩하게 두 개를 적었다.

우리는 새해 목표를 잘 볼 수 있도록
거실 TV 위에 달아 두었지만,

평소의 생활 습관을 바꾸는 것은 좀처럼 쉽지가 않다.

나는 오늘 저녁 장을 보면서,
일부러 보물이가 좋아하지 않는 채소 반찬을 많이 골랐다.

스스로 약속한 것은
스스로 지키면 된다는 남편과는 다르게,

난 심술궂은 엄마이기 때문이다.

그리고는 보물이가 약속대로 채소를 잘 먹나 안 먹나
유심히 지켜보니,

보물이는 아빠가 먹는 반찬을 한 박자 느리게,
천-천-히 따라서 먹고 있었다.

보물이가 아빠를 쫓고
내가 보물이를 쫓는 그 모습이,

마치 술래잡기를 하는 것 같아서 무척 재미있다는 생각이 들었다.

그리고 기다리던 문제의 반찬을 남편이 먹는 순간,

보물이는 따라가던 젓가락을 능청스럽게 돌려
다른 음식을 먹었다.

그 모습이 너무 웃긴 나는 밥을 먹다말고
갑자기 웃음을 터트렸다.

이유도 모른 채, 동그란 눈으로 나를 쳐다보는 두 사람.

우리 보물이가 예뻐지는 것은
아직, 먼 날의 이야기인가 보다.

나의 보물

언젠가 미술 시간에 칭찬을 받고
기분이 좋아진 보물이가

내게 그림을 그려준 적이 있다.

보물이는 스케치북을 들고 와서
"엄마는 무슨 색을 좋아해?"라고 물어봤었는데,

보물이의 크레파스 가방 안에는
유난히 짧은 노란색이 눈에 띄었었다.

"엄마야? 오늘 엄마는 노란색이 좋아!"

보물이는 내 대답에 "에이, 그럼 내일은
다른 색이 좋은 거야?"라며 기쁜 듯이 말했었다.

보물이는 내게 그림을 그려 주겠다며
노란색으로 스케치북을 가득 채웠지만,

무척 열심히 그린 것과 달리
무슨 그림인지 전혀 알 수가 없었다.

그래서 무슨 그림인지 맞혀보라는 보물이에게,

몇 번이고 원하는 대답을 들려주지 못했는데
그게 원인이 되어 끝내는 보물이를 울리고 말았다.

나중에 알게 된 것이지만
그날 보물이가 선물하려고 그렸던 그 그림은,

내가 좋아하는 해바라기였다.

속이 상한 보물이는 나에게 주려고 했던
그림을 빼앗아 가버렸고,

그 뒤로는 내게 그림을 선물하지 않았다.

그래서인지는 몰라도 조금씩 채워져 가는
남편의 보물상자와는 다르게,

나의 상자 안은 아직도 크고 넓기만 한 것 같다.

그런데 학예회를 하는 오늘,
보물이의 사자 분장을 보니

내 눈에는 사자라기보다
영락없는 꽃송이(해바라기)처럼 보였다.

보물이에게 허수아비가 더 잘 어울릴 것 같았다는
내 생각과는 다르게,

사자와 보물이는 너무나 잘 어울렸다.

나는 연극 내내 우리 보물이의 얼굴 밖에는
보이지 않았는데,

보물이의 표정 하나 몸짓 하나하나가,

나도 모르게 서운했던 내 마음을
조금씩, 그리고 가득 채워갔다.

그래서 속상해했을 과거의 보물이를
더 꼬옥 안아주고 싶었다.

내게서 숨겼다고 생각했던 해바라기를
이렇게 내내 보여주고 있었던 보물이.

나의 채워진 마음만큼이나
가득 찬 것 같은 보물상자 덕분에,

난 처음으로 남편의 보물상자가 부럽지 않게 되었다.

'보물아, 네가 나의 보물이야.'

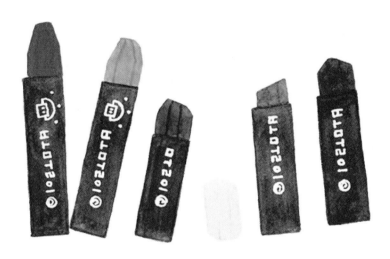

한걸음 뒤에서 보면

올 여름이 시작되면서 우리 가족은 모두 바빴다.

남편은 새 업무로 매일 퇴근이 늦었고,
보물이는 수영학원을 다니기 시작했고,

나는 요리학원을 등록했다.

이 중 가장 바쁜 사람은 나로,
보물이의 방학 전부터 요리학원을 다닐 생각에
마음이 가득 부풀어 있었다.

남편과 보물이에게 근사한 요리를 해주고
다른 엄마들에게 자랑을 하는 상상으로,

마음은 이미 일류 요리사에, 양 어깨는 으쓱으쓱.

그래서 기다리던 보물이의 방학 날이 되자,
학원 첫 날부터 복습과 예습을 한다며
소란스럽게 식탁을 가득 채웠다.

아직 서투른 요리라서 가족들의 반응은 기대하지 않았는데,
예상 외로 남편과 보물이에게 크게 칭찬을 받았다.

덕분에 내 어깨와 콧대가 무척 높아졌지만
그것은 잠시뿐,

이틀, 사흘, 일주일이 지나자 반응은 시들해지고,
내 마음도 덩달아 서운해져버렸다.

그런데 신기하게도 서운한 마음에
요리에서 눈이 멀어지자,

그동안 소홀했던 다른 것들이 눈에 들어왔다.

먼지투성이로 지저분한 거실,
빨래 바구니에 남편의 셔츠와 양말,

그리고 재잘거리지 않는 보물이.

그중 가장 중요한 것은 역시,
무거워진 보물이의 입이었다.

밀린 집안일을 하며 곰곰이 생각해봤지만,
요사이 우리 보물이와 같이 떠든 기억이 정말 없었다.

나는 보물이에게 고민이 생긴 건 아닌가 걱정스러운 마음에,
보물이의 방에 들어가 보았다.

방학 숙제를 미루지 않기로 약속한
보물이의 책상 위에는 온갖 것들이 놓여 있었는데

그 사이에 펼쳐진 채 있는 그림일기가
눈에 가장 먼저 띄었다.

일기장은 전부 파랑으로 칠해져 있었다.

일기장에는 수영하는 그림이 있었고,
커다란 배도 있었고,
거북이와 문어 같은 동물들도 가득했다.

보물이의 마음은, 마치 온통 바다에 가 있는 것 같았다.

매일 집과 학원을 오가며 요리에 정신이 없었던 나는
보물이의 이야기를 집중해서 듣는 게 어려웠었는데,

보물이가 한참 요리 중인 나에게 와서
무슨 이야기를 했던 것이 생각났다.

보물이를 수영장을 보냈던 것도,

흘려들었던 말 속에
드문드문 수영 이야기가 있었던 것 같아서였다.

물론 보물이도 흥미가 있었는지
수영장에 가는 것을 좋아하긴 했지만,

보물이의 진짜 마음은 바다에 있었다.

가족들을 기쁘게 해주고 싶어서 등록한 요리학원은
어느새 내 욕심이 되어버린 것 같았다.

오늘도 수영장에 다녀와 고단한지
거실에서 잠들어 있는 보물이.

여느 때처럼 내 마음은, 금세 미안함으로 물들었다.

오늘 남편이 퇴근하고 오면,

주말에는, 우리 집에서 가장 어른스런 보물이와 함께
바다를 구경하러 가자고 해야겠다.

아참, 일기장을 본 것은 보물이에게는 비밀로 하고!

엄마도 사랑이 필요해

오늘은 소풍 날 비가 와서 속상했던 보물이를 위해,
놀이동산을 다녀왔다.

주말이라 사람이 많을 거란 생각을 미리하고 나왔지만,
이렇게 발 디딜 틈도 없을 줄은 몰랐다.

남편과 나는 사람과 사람 사이에서
인형뽑기라도 하듯이,
보물이를 이리저리 옮기며 내내 좁은 길을 걸었다.

아침 일찍 도착해서 벌써 반나절이나 지났는데,
놀이기구는 이제 겨우 두 개를 탔다.

진작에 지쳐버린 남편과 나는 의자에 앉아서
한숨을 돌리고 있었는데,

저기, 신난 채 토끼발로 걷는 보물이를 보니
나무의자가 마치 푹신푹신해진 것처럼 느껴졌다.

아직 힘이 넘치는 보물이는
앞에 있는 회전목마를 타고 오겠다며,
손에 꼬옥 쥐고 있던 풍선을 내게 건네줬다.

이 풍선은 보물이가 놀이동산 입구에서
30분이 넘게 고르고 고른 풍선으로,

행여 놓칠까 조심스럽게 받아 들었다.

하지만 몸에 힘이 빠져 있던 나는,
보물이가 준 끈을 그만 손에서 놓치고 말았다.

놀란 마음에 보물이의 얼굴을 보니
보물이는 그 자세로 얼음.

풍선은 이미 하늘 위로 날아가 버렸고,
내 심장도 덜컥 내려앉았다.

이후에는 말할 것도 없이
보물이를 달래는 데 온 기운을 써야 했다.

내 실수로 인한 것이어서

보물이에게는 두 말 할 것 없이,
남편에게까지 미안한 마음이 들었다.

보물이를 달래고 달랬지만,

한참 뒤 나는 똑같은 풍선을 몇 개나 손에 쥐고
남편은 지쳐 잠든 보물이를 업고,

집으로 돌아가게 되었다.

그런데 집에 가는 길에 남편이 문득,
자기도 어렸을 때 풍선을 잃어버렸던 적이 있다고 했다.

어머니가 똑같은 풍선을 사서 손에 쥐어주셨지만
울음을 그치지 않아서 무척 혼이 났었다고.

새로 산 풍선은 이미 남편의 풍선이 아닌 걸,
어머니가 이해하지 못하셨던 것 같다고 말했다.

그리고서는

"풍선에 내가 가득 담은 꿈이 날아가 버리자,
내 자신이 없어진 것 같은 기분이 들었었지."라며

내게 좋은 엄마라고 말했다.

사실 소리 내어 이야기하지는 않았지만,

보물이의 손에 여러 풍선을 쥐어주며
마음속으로는 '똑같은 풍선인데.'라고
말했던 내가 부끄러워졌다.

내 세상의 전부가 눈앞에서 사라져 버린다면 어떤 기분일까?

그것을 어떻게 채울 수 있을까.

다음 날 나는 보물이를 학교에 보내고
한참을 거실에 앉아 있다가 손뜨개를 시작했다.

보물이가 풍선에 담은 꿈은 알 수 없었지만,

보물이의 꿈을 닮은 풍선이 어떤 모양인지는
알고 있었다.

비록 똑같은 풍선은 아니지만,

얼기-설기 실을 엮으며 보물이의
꿈을 닮게 만들어보려고 했다.

학교에서 돌아 온 보물이는
내가 손에 쥐어줄 풍선을 보고 어떤 얼굴을 보여줄까.

오늘만큼은 보물이가
내게도 꿈꿀 수 있는 풍선을 달아줬으면 좋겠다.

따라하기

우리 보물이는 걸을 때도 가만히 걷는 법이 없다.

재잘거리는 입만큼이나 소란스러운 눈은,
앞을 보지 않고 항상 주위를 두리번거리며 걷는다.

나는 그런 보물이에게 앞을 똑바로 보고 걸어야 한다고
여러 번 이야기를 했었지만,

대답만 열심히 잘하는 보물이는
낯선 곳이나 사람이 많은 곳에 가면,

꼭 어딘가에 부딪히고는 한다.

보물이의 이런 점이
내게는 매일의 걱정거리 중 하나로,

남편에게 차라리 보물이가 발 아래만 보고
걸었으면 좋겠다고 말했었다.

그런데 남편은 나중에 보물이가 그렇게 걷게 되면,

그때는 보물이에게 잔소리 하지 않기라고
웃으며 이야기를 했었다.

나는 남편의 말에 '과연 보물이가…?'라는
생각을 가졌었지만,

정말 언젠가부터 보물이가
발 아래를 보며 걷기 시작했다.

하지만 한 가지 걱정이 사라지니
또 다른 걱정이 내 마음을 불편하게 했다.

남편이 이런 나를 예상했었는지
미리 그렇게 약속을 했었고,

나도 보물이가 전보다는 안전하게 걷고 있다는 생각에
긴 잔소리를 할 수가 없었다.

보물이는 고개를 숙이고 걷다가
매번 걸음을 멈추어 섰는데,

그런 상황이 몇 번씩 반복이 되자
답답한 마음보다 궁금한 마음이 앞서기 시작했다.

처음에는 보물이의 눈을 쫓아
줄지어 걷는 개미를 찾기도 했지만,

보물이가 시선을 멈추는 곳에는
아무것도 없을 때가 더 많았다.

한참 동안 수수께끼를 풀지 못한 나는,
결국 참지를 못하고 보물이에게 물어 보았다.

"보물아, 뭘 그렇게 보고 있어?"

집중해 있던 보물이는
뒤늦게 내 목소리를 들었는지,
조금이 지나서야 "이거, 이거"라며 손가락으로 가리켰다.

그런데 보물이가 손가락을 짚은 그곳에는
아무리 봐도 그저 땅 밖에는 보이지 않았다.

한참을 들여다 본 나는,
"뭔데, 뭔데, 엄마는 보물이가 가리킨 거 못 찾겠어."라고 말했다.

"아이참, 이거어~! 초록색 나는 거!"

보물이가 신이 나서 알려 준 그것은
보도블록 사이에 핀 들풀이었다.

이런 들풀이 뭐가 좋은 건지,
길을 가다가 매번 발을 멈췄던 보물이.

하지만 "엄마, 이건 이름이 뭐야?"라고 묻는
보물이의 눈은 무척 맑고 투명했다.

"이건 이름이 없는 풀이야. 보물이가 이름을 지어 볼래?"

보물이는 발을 동동동, 제자리걸음을 하더니,
금세 "이 풀은 작은 나무야."라고 말했다.

그리고는 기분이 좋은지,
내 손을 잡고는 팔을 크게 흔들었다.

나는 왜 이름을 '작은 나무'로 붙였을까 싶어서
허리를 숙여 풀을 가까이 보았는데,

이 좁은 돌 틈에서 꼿꼿이 자라난 풀은
생명이 가득한 연둣빛이었다.

마치 보물이 같은 색으로,
내게도 점점 더 크게 자라 날 작은 나무로 바뀌어 보였다.

언젠가 보물이가 산만해서 걱정이라는 내 말에
"이제 세상 문을 연 것뿐이야."라고 대답했던 남편.

보물이는 더 이상 열리지 않는 나의 문을,
함께 열어주는 것만 같았다.

나는 이제 보물이를 한 걸음 앞에서 기다리지 않고,
보물이와 같은 발걸음을 한다.

보물이의 시선을 뒤쫓고, 보물이와 함께 눈을 반짝인다.

보물이는 나의 선생님이다.

하루하루

아이들은 언제 어른이 되는 걸까.

첫사랑이 생겼을 때?
군대를 다녀오고 나서?
가정을 이루었을 때?

어느 순간, 찾아오는 그 경계는
분명 사람마다 차이가 있는 것 같다.

나는 보물이가 호기심을 갖는 것들에 대해서,
'이 다음에 좀 더 크면', '어른이 되면'이라고
이야기하는 편인데,

요즘 들어 부쩍 반항기인 보물이는
내게 자주 심술을 부린다.

"언제 어른이 되는 건데!"

오늘도 주먹을 꼬옥 쥔 채로
큰소리를 내는 보물이에게,

나는 어른의 여유를 갖고 이야기했다.

"스무 살."

소리 내 이야기하는 것만으로도 젊어지는 기분의 스무 살.

나는 내 나이 스무 살 때,
비로소 부모님의 울타리를 번쩍 뛰어넘을 수 있음을 느꼈었다.

이렇게 보물이와 아웅다웅 하는 지금이
보물이에게도 내게도 가장 즐거울 시간이라는 것은,

아마 보물이가 어른이 돼서야 찾아 올 기쁨이겠지 하는 생각에
가슴이 뭉클했다.

오늘도 어른이 돼서야 할 수 있는 일들에 대해
잔뜩 뿔이 난 보물이는 척척박사 아빠를 기다리고 있었다.

퇴근하고 집에 온 아빠를 씻지도 못하게 붙잡고는,
어떻게 하면 빨리 어른이 되는지를 묻는 보물이.

남편은 그런 보물이에게

"보물이가 빨리 크면 되지.
아빠는 지하철 손잡이를 잡을 수 있게 되었을 때,
어른이 되었다고 생각했어."

아빠의 이야기를 들은 보물이는 곰곰이 생각하다가,
나를 보고는 금세 표정이 밝아졌다.

"에이, 엄마도 그럼 아직 어른이 아니잖아!"

보물이는 무척이나 기쁜 듯이 외쳤고,
나와 남편은 보물이의 대답에 웃음을 터트렸다.

"요게에…!"

우리에게 가장 즐거울 시간은,
먼 미래가 아닌 바로 지금일지도 모르겠다.

가족이라는 정원

우리 집은 내가 어릴 때부터 꽃과 나무가 가득했다.

집에서 먹을 채소와 화분을
할머니께서 가꾸셨기 때문인데,

그런 모습을 오랫동안 봐와서인지

나도 살림을 하며 자연스럽게
집에 화분을 놓기 시작했다.

그런데 화분을 가꾸는 것은 생각했던 것보다
쉬운 일이 아니었다.

그저 물과 햇볕을 주는 것뿐인데,
잘 자라고 자라지 않고의 차이는 뭘까.

나는 보물이가 태어나기 전,

이렇게 간단한 것도 잘 하지 못하면서
좋은 엄마가 될 수 있을까란 걱정이 많았다.

하지만 보물이가 예쁘게 자라는 모습을 보면,
내가 많이 틀린 것은 아니구나 하는 생각을 한다.

물론 내가 좋은 엄마일 수 있는 것은
남편의 도움이 가장 크다.

남편은 넓고 큰 마음으로
항상 보물이와 나를 감싸주는데,

놀랍게도 남편 역시 나와 마찬가지로
식물을 키우는 데는 영 재주가 없었다.

할머니를 너무 사랑했던 나는,

좋은 엄마가 되는 비밀이
여전히 식물을 잘 키우는 데 숨어있다고 생각했다.

마침 보물이의 이번 여름방학 숙제 중에는
텃밭 가꾸기가 있었는데,
내 마음을 아는 남편이 웃는 얼굴로 말했다.

"꼭 숙제나 연습이 아니더라도
직접 키운 채소를 먹어보는 것은 좋은 추억이 될 것 같아.
그러니까 무리하지 않기!"

보물이는 당장의 숙제나 좋은 추억보다는
관찰 일기를 쓸 새 공책 덕분에 기분이 좋아보였다.

학교에서는 방학 숙제를 할 수 있도록
여름 동안 사용할 주말 농장을 준비해주었다.

나는 남편의 말처럼 욕심을 부리지 않고
아주 작은 텃밭을 골랐다.

남편은 지난번 집에서 기르다가 실패한 토마토는 빼고,

고추·오이·가지를
반은 씨앗으로 반은 싹이 튼 것으로 심자고 했다.

보물이와 내가 이렇게 심는 이유가 뭐냐고 물어보니,

남편은 "특별한 이유는 없고,
심은 채소를 빨리 먹고 싶어서."라고 대답했다.

아빠의 대답에 보물이와 나는
서로 얼굴을 마주하고 웃음을 터트렸다.

집이 학교와 가까워서
평일에는 보물이와 둘이,

주말에는 가족 모두가 함께 산책을 했다.

특히 아침마다 늦잠을 자는 보물이가
가장 먼저 일어나 남편과 나를 깨웠다.

날마다 쑤욱쑤욱 자라는 채소들이 내게도 신기했지만,

자고 일어나면 달라져 있는 새싹의 모습들이,
보물이에게는 소란을 피울 정도로 큰일이었나 보다.

매일 산책을 가는 우리 밭은,
작지만 눈에 띄게 항상 깨끗했다.

반대로 우리 밭 옆은
어느 순간부터 관리가 잘 되어있지 않았다.

"엄마, 저기는 왜 이렇게 지저분해?"

"글쎄, 사람들이 잘 오지를 않나 봐."

텃밭을 열심히 다니는 보물이에게는
지저분한 이유가 잘 이해되지 않았나 보다.

"보물이도 게으름 피울 때가 있잖아,
다른 사람들도 그런 거겠지."

"게으름 피우면 이렇게 되는 거야?"

"그러엄. 그래서 평소에 부지런한 습관을 갖는 게 좋지이!"

나는 사람의 마음에도
씨앗이 하나 심어져 있어서,

그 씨앗이 잘 자라기 위해서는
관심과 노력이 필요하다고 보물이에게 이야기해주었다.

"그럼, 씨앗이 잘 자라기 위해선 어떻게 해야 해?
나는 꽃이 폈으면 좋겠는데! 물을 많이 마셔야 해?"

늘 그렇듯 끊임없이 나오는 보물이의 질문에,
고 예쁜 입을 가로막으며 잽싸게 말했다.

"글쎄에~ 그건 숙제야!"

보물이는 마음의 씨앗을 키우는 것이
채소를 키우는 것과 똑같다고 생각했는지,

나에게 온통 채소를 잘 키우는 방법에 대해서만 물어보았다.

나는 우리가 밭에 관심을 갖고
노력으로 하나씩 채워나가는 것처럼,

보물이의 씨앗도 잘 자라기 위해서는
그렇게 해야 한다는 것을,

천천히 알아가기를 바랐다.

나는 내가 이런 생각을 할 수 있게 되었다는 것에 대해서
처음으로 남편과 같이 큰 사람이 된 기분이 들었다.

그런데 어린 보물이게는 내 말이 너무 어려웠던 걸까.

개학 날이 다가오자, 어김없이 밀린 방학 숙제를 하느라
보물이와 나는 정신이 없었다.

사진을 찍어 둔 필름도 어디에 두었는지 몰라서
한참을 찾아 급하게 현상을 해왔는데,

사진에는 채소가 아닌 온통 내 모습이 찍혀있었다.

순간 머리가 멍해져서 무슨 일인가 가만히 생각을 해보니,

보물이는 마음의 꽃을 피우기 위해 채소가 아니라
나를 관찰하고 있었던 것이었다.

아이쿠!
보물이의 숙제도·나의 큰 사람도 모두 망쳐버린,
내 마음이 금세 무거워져버렸다.

그런데 보물이의 숙제를 돕느라
나 대신에 점심을 준비하던 남편이
성큼성큼 다가와 사진을 보더니 이렇게 말했다.

"보물이의 씨앗은, 엄마처럼 되고 싶었나 본데?"

그리고는 내가 좋은 엄마가 되기 위해서 많은 실수를 하는 것이,
결국은 나를 좋은 엄마로 만들어준다고 말해주었다.

남편은 숙제만큼이나 엉망이 된 내 기분을,
마법처럼 기쁘게 만들어주었다.

나는 언제나 좋은 엄마가 되고 싶다고 생각했었다.

보물이가 나를 닮고 싶어서 내 사진을 찍었던 것처럼,
내가 피우고 싶었던 꽃은 우리 남편이었나 보다.

'그나저나 이번 방학 숙제는 어떻게 해야 하나아!'

기뻤던 마음에 다시금 걱정이 들어온 나는
실수투성이 엄마이지만,

남편과 보물이에게 사랑 받는 엄마임에는 분명 틀림없다.

어렵게 생각하지 마

며칠 전 우리는 가족 캠프로 템플 스테이를 다녀왔다.

보물이의 여름 방학에 맞춰서 가려고
봄에 신청을 했었는데,

보물이의 방학이 끝나고 나서야
접수가 될 줄은 생각도 못하고 있었다.

더구나 템플 스테이를 신청해 두었던 일도
까마득하게 잊어먹고 있다가,

집에 걸려 온 전화를 받고
그제야 가족들에게 이야기를 했다.

보물이의 개학과 동시에

남편과 나의 방학도 끝났고,

한참 더위가 찾아 온 무렵이라
부지런한 우리 가족은 오랜만에 게으름을 피웠다.

그래도 건강한 보물이가
새로운 단어와 새로운 경험에 먼저 관심을 가졌고,

우리 가족은 초록 잎이 가득한 산에서
이틀 밤을 보내게 되었다.

템플 스테이에는 의외로 외국인들이 많이 있었다.

내 옆 자리에도 외국인 가족이 앉았고,
보물이 또래로 보이는 친구도 있었다.

보물이와 그 아이는 서로가 신기했는지,
나를 사이에 두고 눈짓과 표정으로 장난을 걸었다.

나는 두 아이가 말 없이 이야기하는 모습이
너무 예뻐서 흐뭇한 얼굴로 아이들을 바라보았다.

파란 눈을 한 엄마도 마찬가지였는지,
아이들을 쳐다보다가 나와 눈이 마주쳤고
우리는 아이들과 마찬가지로 수줍은 눈인사를 했다.

템플 스테이에서 가장 어려웠던 것은,
발우공양이었다.

분명 한국어로 설명을 들었는데도
계속 헛갈리는 발우공양은
외국인에게는 더 어려워보였다.

옆자리의 친구들은 나와 남편을 여러 번 쳐다보더니,
내게 손짓으로 조용히 말을 걸었다.

당황한 나는 영어로 어떻게 설명을 해야 하나 걱정을 했지만,

그들이 한국어를 어찌나 잘하던지,
내 마음을 들켰을까 얼굴이 빨갛게 되기도 했었다.

이후에 알게 된 것이지만,

윌리엄 부부는 같은 동네에 사는 사람으로,
원래는 크리스천이라고 했다.

한국의 사찰에 관심이 있어서 체험 신청을 하게 되었다며,
보물이도 다음에 성당에 놀러오기를 권했다.

호기심 많은 보물이는 놀이동산에라도 가는 것처럼
기쁜 얼굴로 손가락까지 걸고 약속을 했다.

그리고 약속 날을 내내 기다리다가
드디어 오늘,

성당에 다녀온다고 외출을 했는데
다른 것보다도 리사와 노는 것이 목적인 듯했다.

우리 집은 특별히 믿는 종교가 없고,

남편도 나도 신앙을 갖는 것은
스스로의 선택이라고 생각하기에,

보물이가 여러 체험을 할 수 있는 것은 좋은 일이라고 생각했다.

또 무엇보다 보물이의 눈으로 보는 세상은
우리에게 언제나 즐거움을 가져다주기 때문에,

보물이가 집에 와서 무슨 이야기를
들려줄까 기대를 하고 있었다.

보물이는 리사네 집에서 점심도 먹고,
선물로 예쁜 머리띠까지 받아왔다.

"보물아, 오늘 재미있었어?"

남편은 집에 온 보물이에게 성당은 어땠는지 물었다.

"응? 똑같았어."

나는 보물이의 똑같다는 말에 여러 가지 생각을 했다.

'무엇이 같았다는 걸까.
노래도 많이 다르고, 눈에 보이는 모습도 많이 다른데.
설마 사랑과 자비를 이야기하려나?'

사랑과 자비는 미사와 법구경 시간에 자주 나오는 단어이기도 하고,
나는 내심 우리 보물이가 똑똑한 아이이기를 기대했는지도 모르겠다.

나는 고개를 돌려 남편의 얼굴을 바라보았고,
내가 생각 하는 것을 기다린 남편이 입을 떼었다.

"뭐가 같았는데에?"

그러자 보물이는 두 손을 모으며,

"이렇게 손을 모으는 거!"라고 대답하고는,
곧장 화장실로 달려갔다.

남편은 내 속마음을 들여다봤었는지,
이미 나를 보고 얼굴에 웃음을 짓고 있었다.

"보물이의 말이 맞기는 하지."라고 남편이 말했고,

내가 멋쩍음에 웃음을 터트렸다.

'그래. 이렇게 손을 모으고, 부탁을 하는 거였지.'
보물이처럼, 나도 두 손을 마주 모았다.

우리 보물이가 지금처럼만 늘 건강하길.

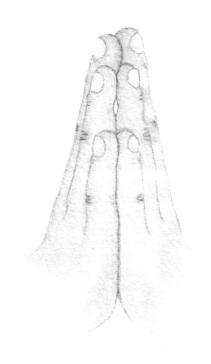

사탕과 치과

나는 어릴 때 사탕을 입에 달고 살아서
오랫동안 치과를 다녔었다.

치과가 어떤 곳인지 몰랐던 나는
엄마의 손에 이끌려 즐겁게 치과를 갔었고,

두 번째부터는 문 앞에서 매달리며
안간힘을 다해 도망가려고 했었다.

엄마의 '딱 한번만 더!'라는 말을 늘 믿었지만,
이후에도 여러 번을 속으며 치과를 다녀야 했다.

어린 시절의 그 기억은 꽤나 괴로운 기억이어서
치과 앞을 지날 때면 지금도 몸이 찌릿찌릿,
전기가 오는 것만 같았다.

그래서 언젠가 엄마에게 전화를 해서
불평을 한 적이 있다.

"엄마, 나 어릴 적에 왜 사탕을 못 먹게 안했어?"

"응? 나이가 많고 적고 간에, 자기 몸 관리는 자기가 해야지~"

나는 엄마에 대한 원망과 억울함을 항상 가지고 있었는데,

엄마는 변함없이 천연덕스러웠고,
내 마음속에서는 여전히 악당이었다.

나는 책임감 있는 엄마가 되고 싶었기 때문에
처음부터 보물이에게 사탕을 먹지 못하게 했고,

다른 아이들을 부럽게 쳐다보는 보물이를
이따금 모른 척 하기도 했었다.

그런데 며칠 전부터 보물이가 이가 아프다고 했다.

난 보물이에게 사탕이나 초콜릿 같은
단 과자를 준 적이 없었다.

게다가 하루에 세 번, 꼭 이를 닦는 보물이가
충치라는 생각은 전혀 하지를 않았다.

혹시 유치가 빠지려나 싶었지만

이가 흔들려 보이지는 않아서,
토요일 아침 보물이와 함께 치과에 갔다.

선생님께서는 보물이의 아픈 이는 충치 때문이라 하셨고,

나는 충치라는 말에 깜짝 놀라서
"우리 아이는 사탕을 먹지 않는데요."라고 말했다.

할아버지 선생님은 웃으시며,
간혹 침 속에 당이 많은 아이들이 있어서
사탕을 먹지 않아도 이가 썩기도 한다고 말씀하셨다.

다행히 이가 크게 상하지는 않아서
간단한 치료만 하면 된다며,

치료가 끝날 무렵에는
보물이에게 사탕 하나를 주셨다.

보물이는 보통의 아이들처럼 손을 내밀지 못하고,
내 눈치를 보며 주뼛거렸다.

그런 보물이에게 고개를 끄덕이자,
보물이는 너무나 환한 얼굴로 "고맙습니다!"라고 외쳤다.

나는 그 모습이 무척 가여웠다.

단순히 사탕을 먹지 못하게 하면
보물이가 치과 갈 일은 없을 것만 같았는데,
나는 보물이에게 두 가지나 실수를 해버린 셈이 되었다.

기분이 좋아진 보물이와 반대로
마음이 허둥지둥 무거워지려는 순간,

남편에게 전화가 왔다.

남편은 보물이가 치과를 간 일이 어땠는지 물었고,
통화가 끝난 뒤에 '당신은 좋은 엄마야!'라는 문자를 보내왔다.

전화를 건 남편이 그새 내 기분을 눈치 채고,
나에게 응원을 해준 것이다.

어떻게 우리 남편은,
이렇게 항상 나를 힘이 나게 해줄까.

언젠가 좋은 엄마의 조건은 실수를 많이 하는 거라고
내게 말해준 남편.

우리 엄마보다 더 좋은 엄마가 되려고
노력한 나의 실수들이,

아주 먼 훗날 보물이가 엄마가 되었을 때,

보물이의 딸들에게 큰 선물이 될 수 있을 거란
생각을 해봤다.

보물이는 분명, 나보다 좋은 엄마가 될 테니까 말이다.

집에 돌아가는 길에 보물이는
주머니 속의 사탕을 계속 만지작거렸고,

나는 미안한 마음에 보물이의 머리를 쓰다듬으며
마음속으로 외쳤다.

'보물아, 엄마의 선물을 받아줘!'

닮긴 닮았어

나는 매달 마지막 주 토요일에 학부모 회의에 참석한다.

학부모 회의에는
많은 엄마아빠들이 교실에 있을 것 같지만,

아빠는 매번 나뿐이다.

처음에는 시선이 나에게만 몰리는 것 같아서
부담스럽기도 했었다.

하지만 자세히 보니 나보다도
아내에게 더 많은 눈길을 주고 있었고,

아주머니들은 부부가 함께 교실에 앉아 있는 모습을
부러워했던 것 같다.

나는 회사에 다닌다는 핑계로
보물이에게 소홀히 하고 싶지 않았고,

엄마와 아빠가 함께
보물이의 학교 생활을 엿보는 것이,
보물이를 이해하는 데 더 좋을 것 같다고 생각했다.

오늘은 사정 상 나 혼자 오기는 했지만,
사실 아내와 주말에 나서는 걸음이 데이트 같아서 좋기도 했었다.

학부모 회의는 열린 토론으로,
선생님과 학부모들이 동그랗게 앉아 이야기를 나눈다.

교육방침에 대한 전달사항과
학부모들의 의견이 주된 이야기 같지만,

그것보다는 누가 공부를 잘하는지,
아이들의 요즘 관심사는 무엇인지,
이번 달의 개구쟁이는 누구인지가 본론이기도 하다.

이번 달 개구쟁이로는 지율이가 뽑혔는데,

선생님은 지율이가 청소는 열심히 하나
주의가 많이 산만하니,
집에서도 관심을 갖기를 바란다는 이야기를 했다.

지율이 엄마는 얼굴이 빨갛게 되어 주위를 둘러보고는,
"호호, 애가 누굴 닮아서 그러지…" 하며
어색한 웃음을 지었다.

그런데 나는 그 말이
우리 보물이에게 한 것 마냥 마음이 서운해졌다.

나는 보물이가 '우리' 딸이라고 생각하기 때문에,
보물이의 좋은 점도 나쁜 점도 사랑하고 아낀다.

아내와 나의 모습이 그대로 빚어진 모습이라고
생각하기 때문인지도 모른다.

부모가 아이를 통해서 성장할 수 있는 이유는,
아이가 나의 모습을 보여주기 때문이기도 하다.

가족을 통해서, 같이 성장하게 되는 것이다.

지율이도 분명 엄마 아빠를 반반씩,
똑 닮은 아이일 텐데.

지율이가 옆에서 이야기를 들었다면 속상해했을까.

선생님도 회의 시간이 모자라서였는지,
평소처럼 부드러운 말로 이야기를 해주지 않았다.

이러한 점들은,
오늘 회의를 못내 아쉽게 만들었었다.

아내도 함께 참석을 했다면
돌아오는 길에는 같이 이야기를 나눴을 텐데,

오늘은 바쁜 아내 대신에 나 혼자 여러 생각을 해야 했다.

나는 아까 있었던 일들을 빨리 이야기하고 싶은 마음에
집에 가는 길을 서둘렀다.

그런데 중간 즈음 왔을 때, 아내에게 마트로 오라는 전화를 받았다.

마트에 도착하니 주위를 둘러보기도 전에
입구 화장품 코너에 아내와 보물이가 보였다.

아내는 화장품을 고르고 있었고,
보물이는 바로 옆에서 색이 있는 립밤을 바른 채
거울을 요리조리 보고 있었다.

나와 붕어빵 얼굴을 하고서는,
항상 "엄마를 닮았으면 좋겠어."라고 말하는 보물이에게
갑자기 심술이 났다.

그래서 보물이의 엉덩이를 찰싹.

보물이는 눈이 동그래져서 나를 쳐다봤다.

"아야! 왜!"
"그냥!"

나는 우리 둘을 쏙 닮은 보물이를 보며,
아내에게 말했다.

"보물이는 엉덩이가 나랑 닮았어."

나는 보물이가 엄마를 닮아가도,
엉덩이가 닮은 것으로 만족한다.

우리가 어른이 되는 순간은 언제일까요.

스무 살이 되었을 때일까요,
지하철 손잡이를 잡게 되었을 때일까요?

아니면 부모가 되었을 때일까요.

저는 우리가 정말 어른이 되는 것은,
우리 안의 어린아이를 발견했을 때라고 말하고 싶습니다.

그런데 우리 안의 어린이들은
좀처럼 발견하기가 어렵습니다.

우리는 부모가 된 순간조차,
우리 안의 어린이로 자녀를 만납니다.

만화 보지 마라, 어리광 부리지 마라, 옆집 친구는 공부 잘한다더라.

그런 말들을 조금만 생각해보면
그저 부모의 일방적인 시선일 때가 많습니다.

아이가 아이일 때 누려야 할 당연한 것들을
부모들은 너무 일찍 헤집어 놓습니다.

내 아이가 무엇을 좋아하는지,
내 아이가 무엇이 되고 싶은지,
내 아이가 무엇을 보고 듣는지,

제대로 모를 때가 많습니다.

어느 추운 겨울,
친구 내외와 커피숍에 들러 이야기를 나누고 있었습니다.

동네 커피숍이어서 그런지
가게 안에는 어린자녀와 함께 오신 분들이 많았고,

또 그 중에는 심하게 우는 아이가 있었습니다.

그 아이는 꽤 오래 울음을 멈추지 않았고,
아이의 엄마는 무척 화가 나 있는 듯 했습니다.

결국 엄마는 아이를 데리고 밖으로 나갔다 왔고,
아이의 얼굴에는 빨갛게 손자국이 생겨 있었습니다.

그 아이는 울음을 속으로 삼키고 있었는데,
저를 비롯해 주변의 모두가 무척 놀랐던 기억이 있습니다.

저는 지금도 가끔 그 기억을 떠올려봅니다.
엄마는 어른의 모습으로 아이와 만난 것이었을까 하고요.

누구나 나이가 들고 어른이 되지만,
아직은 어른이 되지 못한 사람들이 무척 많습니다.

누구나 부모가 되지만,
부모가 되지 못한 사람들도 무척 많고요.

보물이네는 그런 분들과 함께 읽었으면 좋겠다는 마음이
가장 컸습니다.

우리는 모두 마음속에 아직 어린이가 있고
그 어린이를 인정함으로써 어른이 된다는 말도 하고 싶었습니다.

보물이네에서 말하는 것처럼
아이를 통해서 부모가 성장하는 것이기도 하죠.

앞으로도 우리는 우리 안의 어린이를
몇 번이나 더 만날 수도 있습니다.
그럴 때마다 우리에게 응원해 주세요.

괜찮아.
그럴 수 있어.
다음에 잘하면 돼.

우리는 그렇게 부모가 됩니다.

우리의 자녀들과 함께 어른이 되어갑니다.

+

눈치채셨을지 모르겠지만,
아빠의 이야기보다 엄마의 이야기가 더 많습니다.

왜일까요?